DU MÊME AUTEUR

Aux Éditions Gallimard

LA THÉORIE DES NUAGES, *roman*, 2005 (« Folio », *n° 4537*).

FILS UNIQUE, *roman*, 2006 (« Folio », *n° 4654*).

LES MONSTRES, 2007, collection Découvertes Gallimard (*n° 520*).

PETIT ÉLOGE DE LA DOUCEUR, *essai*, 2007 (« Folio », *n° 4618*).

L'ENFANT DU CARNAVAL, *essai*, L'un et l'autre, 2009.

IN MEMORIAM, *essai*, Le Cabinet des lettrés, 2009.

NOUS AUTRES, *roman*, 2009 (« Folio », *n° 5048*).

ROM@

STÉPHANE AUDEGUY

ROM@

roman

nrf

GALLIMARD

I

ROMA

C'est un homme ou une pierre ou un arbre qui va commencer le quatrième chant.

LAUTRÉAMONT

ville éternelle

Parfois j'aurais voulu être un homme, mon amour. Ou alors une femme. Je ne suis pas sectaire. Non que les différences m'échappent, mais que rêver de faire sinon de les mêler ? Encens sucrés des vulves marines, papillons de nuit des caresses secrètes, coquillages de nacre, verges de sang lourd, flancs doux des collines du Lazio où danse la poussière des insectes bleutés, corps fourbus écrasés au printemps de leurs draps, fesses musculeuses qui balancent en cadence, je vous chéris. Mes obélisques et mes colonnes bandent au ciel tout aussi bien que les seins roses de mes dômes. Mes fenêtres s'ouvrent aux désirs du vent qui tord les rideaux. Quatre lettres tirées aux loteries de l'histoire : Roma. Et tous ces grands savants qui se penchaient sur moi ; certains me déclarant femelle, comme une louve ou comme une putain, d'autres disant que je devais mon nom au mâle fondateur qui traça mon enceinte ; d'autres encore, qui se voulaient malins, exhumant un vieux nom de mon fleuve, me proclamaient la fille de Rumon. Moi, je ne disais rien, naturellement; mais n'en pensais pas moins. Au petit jeu fastidieux de la vérité je leur souhaitais bien sûr tout le plaisir du monde, et ne m'en mêlais pas. Enfin j'avais vécu, comme toi, mon amour, comme tout le monde : une vie, toute une vie, rien qu'une vie.

Mais pour refaire l'amour, j'aurais inventé d'autres sexes et d'autres mondes, à donner le vertige. À la gare ferroviaire d'Ostia Antica des touristes appliqués descendent en feuilletant leurs guides, à Roma Ostiense mon amour et moi-même courons comme les autres vers la sortie, le claquement des portes en talons militaires, les soupirs déchirants de l'autocar bondé. Des paysages mornes défilent dans un bruit de métal et de freins, ensuite la plaine file jusqu'à la mer dans le bruissement doux des roseaux gris du Tibre, où glissent des poules d'eau et des sacs en plastique.

Nous marchons au milieu des familles à glacières, des amoureux blottis, des enfants trop sérieux qui bâtissent des empires de sable à tours crénelées qui durent jusqu'au soir, et dans l'émotion grecque nous retrouvons la mer. Je m'avance dans l'eau tiède jusqu'à la poitrine, et ma main palpite dans la tienne, à quelques mètres du rivage nous refaisons l'amour, sous un ciel bleu clair que griffent des cirrus, gracieux comme des chats, et nous ne cherchons pas pourtant à choquer les passants, ni les familles agglutinées, ni les vendeurs de coco, ni les vieillards calés dans leurs chaises de toile, parasols alanguis; d'ailleurs le bleu incandescent de la mer Tyrrhénienne dissimule nos sexes, tandis que nous jouissons à l'école des vagues. Et quand nous retournons sur le sable brûlant, l'un comme l'autre rendus à notre forme première, l'un et l'autre à nouveau confinés aux deux mètres carrés de notre peau humaine, des traînées de sel forment sur nos épaules de ces mots d'amour fou qu'on ne dit qu'à mi-voix. Vient le soir. Dans l'autocar bondé et vieillot qui se traîne vers la gare, un petit maquereau, blanc de colère, les doigts serrés sur le métal gras de la barre d'appui, se laisse injurier en espagnol par ce travesti cap-verdien qui partage sa vie et lui reproche en hurlant d'avoir tout gâché, encore une fois; des poupons effrayés pleurent, exaspérés de fatigue ou de faim, et nous nous sourions, tassés contre la vitre sale. Ensuite, nous courons pour attraper le train.

Et plus tard, mon amour, à la porte San Paolo, nous revoyons le même maquereau qui trottine derrière sa femme furibonde. Sans un regard pour la pyramide de Cestius, Nadia tourne tout de suite à gauche dans la rue Bartolomeo Bossi, et les voilà chez eux : une pièce, deux chaises, des portants chargés de robes sous plastique, des colonnes branlantes de boîtes à chaussures. Sur le matelas posé au sol, Nadia s'est jetée face au mur, Enzo sort de la douche et vient s'allonger nu près d'elle. Il caresse doucement, à travers son maillot, les hanches de sa femme, sa verge minuscule, murmure de petits noms, implore son pardon, et les amants lentement s'endorment, bercés par les vagues lentes de la circulation. Nadia rêve d'une plage de sable volcanique, elle berce leur enfant dans un couffin d'osier posé entre deux pierres, sur une île déserte de la côte croate, tandis qu'Enzo surveille, à l'ombre des palmiers, la cuisson des daurades.

Être humain : je crois que j'aurais tout aimé, le sang battant à mes oreilles, les promenades du soir sur la piazza del Popolo, ouverte aux voyageurs comme une paume, un goût de gazon frais au cou blanc, duveteux, des enfants, le cristal chantant des fontaines, les méandres boueux du sommeil et des rêves. Et plus tard, et le plus tard possible, jusqu'au tremblement de la vieillesse, jusqu'à l'inutile précaution de ses petits pas gauches, jusqu'au temps où le froid de la mort s'insinue en nous le long des trottoirs ombreux, où la morsure des vents d'hiver, l'humidité du fleuve et le givre du temps fêlent nos ossements blanchis. Et j'aurais accepté les sagesses confites, les petits arrangements, et cette raison lâche qu'avec l'âge les plus faibles disent avoir atteinte, et le soulagement veule qui nous souffle la joie d'être encore un vivant, de sentir, en tremblant, les caresses du soleil et du vent, les bouffées de cuisine aux terrasses, la chanson des fontaines. Oui, tout aurait mieux valu que la vieillesse urbaine, le lent effritement des chapiteaux doriques, l'eczéma ocre des enduits, les lèpres blanchâtres qui grignotent en silence mes blocs de travertin grêlés, mes porphyres fragiles oublieux des volcans, l'érosion invincible de mes tiges de marbre à fleurs de Corinthe. Et alors, quand rien ne sera plus possible, quand la mort sera là, tout simplement je refuserai de croire à ce scandale, sous la beauté terrible des ciels vides, et telle qu'elle est aujourd'hui elle me sera alors, impensable, inadmissible. Et, comme un soldat qui n'a cessé, depuis l'aube, de voir tomber autour de lui les camarades sans qu'une balle ne l'atteigne, et qui a bien fini par se croire immortel, je contemplerai avec stupéfaction, sur mes genoux, mes intestins crevés glissant vers le sol noir, comme un reptile immonde qui se serait glissé là, par surprise, oui, je refuserai de jouer les mourants respectables, les vieillards ennoblis par leurs dernières phrases, je m'accrocherai à mes quarante litres d'eau et à mes quinze kilogrammes de carbone, et je refuse de restituer mon azote, mon calcium, mon phosphore, mes pincées de soufre, de sodium, de manganèse, de fer, d'iode et de chlore, et je tiens également à mes traces de strontium et de molybdène, d'arsenic et de fluor, à mes souvenirs faux d'enfance, à mes couchers de soleil, à toutes mes amours tendres. Il ne sera pas dit que tout ça glissera sans bruit dans le néant des tombes. Pourquoi devrais-je mourir puisque je suis un monde, à ma manière, avec ses pierres et ses étoiles, ses mers et ses forêts? J'en passe.

Être un homme : pouvoir partir le long de routes qui ne mènent pas ici, quoi qu'en disent les nations et leur sagesse morte. Au lieu de quoi : une ville. Et pendant longtemps même, la Ville : Rome. Roma aeterna : une vie sans dormir, et d'abord la fatigue, naturellement, la bouche sèche, et puis les crampes; ne jamais connaître le sommeil, congé que l'on se donne, ou qui vous prend; puis l'au-delà de la fatigue, les hallucinations d'abord, une acuité toujours plus forte, et pour finir le grouillement affreux du multiple, l'accès à la grande nuit claire de l'insomnie, sans profondeur décelable, où l'on voit autant qu'il est possible les choses telles qu'elles sont, terribles, coupantes, arbitraires, démentes : la méchanceté des chaises, la bêtise des fenêtres, la beauté des femmes, le scandale de la forme des plantes, et naturellement l'aberration de ces mouvements vains des hommes qu'on appelle l'histoire. Accéder à l'au-delà de ce nom de hasard que m'a donné le temps. Rome. Mon nom fait battre tant de cœurs, et moi qui n'en ai pas, moi qui supporte tout, le temps qui n'en finira pas, les injures du soleil, les crachats de la pluie et des vents, j'en pleurerais de rage. Oui, la fatigue d'être une ville m'a saisi quand je t'ai aperçue pour la première fois, mon amour. Et tu n'as pas idée sans doute de ce que ça peut être, une fatigue de ville, le piétinement sourd des chrétiens, des païens, des Barbares, et la répétition des jours et la ronde des nuits et tout le solennel emmerdement des cycles de l'histoire, les hommes, toujours les mêmes quoi qu'on dise parfois, le plus court chemin d'un néant à un autre, des vacuités bruyantes, et bavardes, et collantes, les maladies de peau de la terre salie. Continuelle recrue du genre humain, imbécile routine de leurs bégaiements : quelques enfants morveux se penchent sur des chemins, une procession de fourmis rouges s'avance aveuglément vers des temples ruinés et la poussière retourne à la poussière, toute eau évaporée ; et sur le mur immense de la chapelle Sixtine, voici l'image juste de mes lassitudes. Michel-Ange tend au monde effaré son affreuse dépouille, la liste des élus tient dans un livre minuscule, celle des damnés noircit un énorme volume. La ronde des hommes justes, arrachés au limon de la mort, monte vers un ciel qui me paraît sans joie. Un Christ trop sévère maudit, le bras levé, les damnés innombrables qui tombent vers la nuit, accablés par Charon à grands coups de sa rame, tandis que les gardiens exigent le silence des badauds, lesquels étrangement se tordent le cou pour admirer des fins qui leur feront horreur, plus tard, tout à l'heure, dans les ténèbres blanches de l'hôpital, quand la mort impensable les aura engloutis, dans un silence étrange, oui, chaque jour est celui du jugement dernier, sans tambour ni trompette.

Et moi je continue de vivre, si c'est encore vivre que d'attendre la mort. Comme un navire en panne traîné par des courants sur des mers inconnues, je flotte au gré des mondes, enviant tous ceux qui s'aiment. J'attends quelque miracle, et j'ai raison d'attendre : bientôt je serai ce jeune homme gracile aux lourds cheveux de nuit qui contemple un palais sans mot dire ; et je te connaîtrai enfin, mon amour.

palazzo

Et maintenant je suis ce jeune homme gracile aux lourds cheveux de nuit qui contemple un palais sans mot dire, en Inde, à Purani Mandi. Il a traîné de cinq à treize ans, l'orphelinat banal, la survie dans les bandes, les petits larcins, les bagarres de rue, les nuits sans sommeil sous la pluie fracassante, les torpeurs de solvants et d'alcool, les trognons de choux rongés, les rapines d'étalage, jusqu'à ce qu'une veuve aussi puante qu'avisée lui propose un travail, le Palais de la Couronne draine tant de touristes, du côté de Ganj Street et près du Taj Mahal dont les pierres s'érodent, inéluctablement. Dans une rue de néons rouges bordée de masures en parpaing, le Blue Paradise : au rez-de-chaussée la vieille maquerelle tricote, dans son fauteuil de rotin ; à l'étage sont les chambres : des matelas de mousse sont jetés sur le sol, des robinets goutte une eau tiède et jaunâtre, des murs nus s'écaillent sous des posters fanés où planent des avions dans le soleil couchant, derrière des hôtesses qui saluent, les mains jointes. L'eau courante ne sert guère, la crasse excite bien des clients. La bouche d'un jeune homme vaut dix roupies, son cul en vaut trente, et pour peu qu'il accepte de ne pas utiliser de préservatifs, le gain monte à soixante, sans compter les pourboires. La vieille tient au renom de son établissement et proscrit l'enculage sauvage, mais les autres lui apprennent vite comment il faut tailler un petit tube de bois, l'évider, le polir patiemment, former pour le fermer un court bouchon de cire.

Dans la chambre, il refuse toujours le matelas taché et ses poux innombrables, il s'accoude à la fenêtre, il fume lentement, le client s'agite. Au-dessus des bassins immobiles du Mahal, la déesse Kālī se met à danser pour lui seul, et son collier de têtes fait un bruit de crécelle, elle tire une langue écarlate, elle lui tranche la tête et la brandit au ciel, ses seins noirs ont défié les nuages, puis quand le client a fini son affaire, le jeune homme roule soigneusement les billets supplémentaires, les glisse dans le tube, pousse le tube dans son anus. En bas, la vieille raccompagne les hommes puis fouille les enfants, quoique son sens du commerce n'aille pas jusqu'à introduire dans leur cul l'un de ses doigts crochus. Au bout de cinq ans il a économisé assez d'argent pour payer à un passeur l'avance convenue. Sur les bords du golfe Persique d'autres Molochs attendent, impavides, de nouvelles victimes.

À l'aéroport leurs passeports sont confisqués. On leur remet en échange un passe plastifié. Dans une brume de chaleur infernale, des autobus les attendent tout au bout du tarmac, les emmènent vers la cité des travailleurs, au nord de la capitale, loin des banques glacées, des plages à péage et des hôtels clinquants du centre de la ville. Dans une mer de sable étale, une série de longs bâtiments gris ressemblent à des baraques militaires, devant la mer éternellement bleue, où poussent comme des dartres des îlots de sable blanc apportés du désert en files de camions géants. Les autobus longent les immenses parkings du ministère des Transports, où d'interminables rangées de taxis identiques prennent la poussière, carrosserie crème et toit carmin, fouettés par le sable des dunes, à l'aube veinés d'une rosée sale, dépassent ensuite le mausolée massif du cimetière des pneus, les décharges d'ordures barbelées où couvent jour et nuit les grands incendies noirs qui font vomir les pauvres entassés, pour peu que le vent tourne. Cités des travailleurs : au fronton de chaque baraquement s'étale, en lettres noires bombées au pochoir, le nom de l'entreprise y parquant sa main-d'œuvre. À perte de vue pas une femme. Les coursives sont encombrées, de grands seaux de lessive, de processions de sandales éculées, de caisses de soda. Le soir même, on lui donne rendez-vous pour le lendemain matin, au bord de l'autoroute. Il s'y rend avec les autres, le même autocar sans climatisation file vers la ville. Les vestiges d'une tempête de sable ont plongé le pays dans un bain lactescent où l'aube s'achève en lueurs incertaines. Ils arrivent à l'hôtel vers six heures, pour le service de jour.

Dans les sous-sols du Park Hotel de la capitale, qui donne sur la crique, on lave le jeune homme à grande eau, on lui fournit un uniforme de coton blanc, des chaussons de toile claire à semelles de plastique, un chariot. Les nouveaux venus sont invariablement affectés aux toilettes ou aux poubelles. Les toilettes : il s'agit de se tenir debout, le regard fixe, près de son chariot, statufié dans l'axe de la porte d'entrée. Saluer la clientèle avec discrétion, mais seulement si elle semble disposée à attester, par un geste infime de la tête, par un signe esquissé, la présence en ces lieux d'un employé subalterne. Mission complexe, car il est inconcevable qu'une odeur d'excrément ou d'urine flotte dans ces parages, il est intolérable qu'une goutte jaunâtre, une tache brune, souillent les cuvettes ou les sols de marbre. Le client sort en se rajustant, il se lave ou non les mains : à peine a-t-il quitté les lieux, il faut se précipiter, mais sans bruit pour ne pas gêner d'autres clients éventuels, dans la cabine qui vient d'être utilisée, entraînant derrière soi son chariot. Désodoriser l'endroit en veillant à ce que les gouttelettes d'eau parfumée au jasmin diffusées par l'aérosol ne viennent pas humecter la lunette. Effacer soigneusement les traînées de merde avec la balayette, sans oublier de relever l'abattant à la recherche des mouchetures qui se nichent, plus souvent qu'on ne pense, sous le rebord du vase de porcelaine, ensuite nettoyer la balayette, la sécher, essuyer son portant chromé. Effectuer un changement de rouleau de papier hygiénique si celui-ci est réduit plus que de moitié, afin qu'aucun client ne se trouve démuni au milieu d'une opération délicate et ne soit contraint à l'épreuve humiliante de réclamer, le pantalon sur les chevilles et l'anus sali, le supplément de papier nécessaire à son hygiène intime. Accomplir ces opérations à toute vitesse, idéalement ressortir avant qu'un autre client ne pénètre dans la salle et ne puisse penser, fût-ce un instant, qu'un membre subalterne du personnel de l'hôtel soit entré là où il se soulage ; dans le cas où l'on se trouve pris au piège par un nouvel arrivant, s'enfermer et monter sur la cuvette pour ne pas être trahi par ses pieds, se faufiler à l'extérieur pendant que le client vaque dans sa cabine à des affaires qu'il est en droit, eu égard à sa prospérité, de juger bien dégradantes, regagner son poste d'attente, debout, immobile, le regard fixe, à l'angle des lavabos. À sa grande surprise il constatera que l'odeur de la merde des clients du Park Hotel n'est pas particulièrement désagréable. Elle est en tout cas plus subtile, plus capiteuse que celle des latrines publiques du baraquement, sans parler des jus noirs et des crottes étiques que les gueux de Purani Mandi lâchent sans pudeur dans les terrains vagues juste derrière la gare, oui, d'une façon générale, les étrons de la clientèle du Park Hotel possèdent une sorte d'élégance naturelle, ainsi qu'il ne tarde pas à le constater puisqu'ils négligent souvent de tirer la chasse, ces étrons se révélant, comme leurs créateurs, majestueux et gras, flottant à demi dans les eaux bleutées des beaux lagons bordés de porcelaine, holothuries étranges aux anneaux délicats, aux verrues imposantes, et dans l'ordre des excréments décidément ils ne semblent pas appartenir au même embranchement que la merde des misérables, ils manifestent au contraire par leur brillance et leur santé qu'ils n'ont rien de commun avec les crottes déshydratées des Soudanais faméliques, avec les diarrhées des mendiants de Delhi, du Caire ou de Bagdad, ils forment, dans les fosses d'aisance, un fumier lourd et gras enrichi au buffet du petit déjeuner du Park Hotel, assiettées de dattes fraîches, pots de lait de chamelle, quartiers de pastèques, bols de fromage caillé, oui, une merde d'enfants nourris à la cuillère d'argent, onctueuse et charnue, presque assurément appétissante, vraisemblablement comestible, dont des pauvres acculés, certainement, feraient bien leur dîner, et qui les soignerait sans doute, par surcroît, gorgée de vitamines, de calmants et de sels minéraux.

Il se prénomme Nano. Il ne se prénomme pas vraiment Nano, bien sûr. À la fin du XXe siècle il est venu une idée de génie à l'illustre Ratan Tata, lequel raconte souvent dans quelles circonstances elle a surgi dans son esprit. Même il pérore là-dessus à la fin des conseils d'administration du groupe Tata, on l'écoute obséquieusement, car on écoute volontiers un homme qui possède Tata Mutual Funds, Tata Chemicals, Tata Steel et Tata Communications, un homme qui vient de racheter Jaguar et Land Rover pour les incorporer à Tata Motors comme il a jadis fusionné Tetley et Tata Teas. Et donc, en se renversant dans son fauteuil, en lissant vers l'arrière de son crâne une mèche grisée de ses cheveux épais, le grand Ratan Tata raconte volontiers que se trouvant dans une avenue de Mumbai, bloqué dans les embouteillages, il a eu l'idée d'une voiture nouvelle, révolutionnaire, tout autour de sa berline roulant au pas des pères affairés conduisaient des deux-roues au moteur fatigué, dans une crasse noire, particules de monoxyde de carbone, un enfant entre les jambes, derrière eux leur femme, berçant un nourrisson, migraines, vertiges, troubles de la vision, bronchiolites. Ratan Tata avait alors pensé qu'il était nécessaire de concevoir une voiture pour tous ces pauvres gens et, quelques années plus tard, et quelques années de grève de paysans expropriés pour construire son usine plus tard, il présente lui-même un premier modèle au salon de l'automobile de Genève. Le véhicule révolutionnaire n'est pas bien haut, la forte tête grisonnante de Ratan Tata touche presque le plafond, et son nom de baptême est Nano. Et comme tous les Indiens en parlent au mois de janvier 2008, comme dans cette ville-dortoir on révère Jamsetji Tata, le père fondateur, aïeul de Ratan, le succès mondial de ce fils méritant d'un obscur prêtre parsi, comme certains même ont épinglé au montant de leur lit une photographie du grand homme, le nouvel arrivant du baraquement Park Hotel Sanitation Crew reçoit ce surnom mérité : Nano. Il mesure 1,55 mètre, tout juste.

ombilic

Il y avait naguère, sur le plus antique de mes forums, un ombilic étrange où quatre fois par an les ombres disparues surgissaient des Enfers. Elles se faufilaient de dessous la pierre noire sans même daigner lire l'inscription menaçante qui l'ornait : quiconque violant ce lieu sera voué aux dieux infernaux. À l'air libre, la plupart de ces malheureux n'en croyaient pas leurs yeux; ils titubaient d'abord; reprenaient vite assurance, agitaient leurs membres pour le simple plaisir de sentir sous leur peau jouer leurs muscles oubliés, sur leur peau les turbulences de l'air, les griffures légères des ongles d'un soleil d'été. Sur le pont Milvius des légionnaires ravis se penchaient vers le Tibre, humaient lentement le brouillard de l'automne, sur le Forum de vieux peintres pleuraient de revoir la lumière, des femmes en cheveux froissaient dans les jardins, entre leurs doigts tremblants, des herbes odorantes qu'elles portaient à leurs lèvres, des enfants couraient vers les fontaines et plongeaient leurs mains petites dans les bassins verdis, et des prêtres suivaient, comme des chiens ivres de gibier, l'odeur d'un parfum brûlé sur un autel. Hélas, ils déchantaient bientôt : pas plus qu'avant leur mort ils ne savaient trouver l'emploi d'un temps toujours trop long maintenant que, fantômes, ils se voyaient privés des divertissements vains que la société des hommes prodigue à tous ses membres : heurs et malheurs, chasses, amours, guerres, emplois, croyances. Alors ils traînaient dans mes rues, ombres aux mains molles et trop propres, n'osant pas se l'avouer d'abord, finissant par courber la tête sous l'affreuse évidence : à revivre, ils s'ennuyaient beaucoup. Répéter sans fin les gestes des vivants, et dormir, et rêver, et croire encore, ils ne le pouvaient plus. Certains arpentaient en hâte mes rues familières, cette si minuscule portion de la surface terrestre où les hasards du monde les avaient jetés, où ils avaient vécu, ne trouvant plus rien à faire qu'attendre, trop las pour espérer, pour fabriquer en hâte des dieux bons et impuissants, pour conférer encore du sens au vol des oiseaux, aux formes des nuages. D'autres, oublieux du temps, se précipitaient vers les lieux qu'ils avaient bien connus, jadis : beaucoup se perdaient dans le dessin changé de mes rues et trouvaient, à la place de l'immeuble où ils avaient grandi, un palais de justice, une station-essence ou un grand magasin, qu'ils regardaient longtemps, sans comprendre ; ou bien ils s'élançaient vers une silhouette, mais ce n'était pas leur parent, leur mari, leur enfant chéri.

Année après année j'en voyais tant passer, invariablement exaltés puis déçus avec, au fond de leurs pupilles mornes, le reflet de leur pâle et ultime désir : que Cerbère refermant ses mâchoires sur la peau de leur cou les ramène à leur vie de larves souterraines, errant entre les fleuves, qu'il les dépose à nouveau aux rives des étangs glacés et des lacs bouillants, confusément soulagés de pouvoir à nouveau accuser la fatalité. À la fin ce redoutable fauve n'avait pas même besoin de leur montrer ses crocs : les morts échappés se massaient sur la rive fangeuse de l'Achéron, comme un bétail fourbu de ruminations vides, attendaient docilement le passeur, et son bac. Quelques-uns cependant, mais ils étaient si rares, désiraient assez le monde pour vouloir s'échapper. Et parfois, au détour d'une allée d'un jardin de la villa Borghèse, ou près d'une fontaine, sur la piazza Farnese, ils retrouvaient enfin l'être qu'ils avaient aimé : un fantôme, comme eux. Alors ils se prenaient la main, ils marchaient dans mes rues sans avoir à parler. Ils se cachaient dans mes recoins. Ils couraient tout le jour au soleil italien, goûtaient l'eau fraîche de mes fontaines, admiraient mes églises et mes parcs, mes fleurs et mes tableaux, mes étals de fruits, mes riens; et quand venait l'heure fatidique où l'ombilic béant les rappelait à l'ordre, ils fuyaient à toutes jambes; mais, à mesure qu'ils s'éloignaient, leurs corps de fantômes se faisaient plus diaphanes, s'effritaient lentement, et leurs poussières tombaient sur le sol, dans un dernier enlacement.

Puis, encore tremblant d'avoir senti grouiller ces parasites lâches et blafards en chemin vers l'Érèbe, je restais seul. Tout le reste du temps, tout le reste des siècles et des siècles, seul et sans amour. Et, comme un enfant penché sur l'énigme de son existence introduit dans son nombril un index prudent, en frémissant d'horreur à la découverte de cette sensation abjecte, je me contorsionnais pour apercevoir l'ombilic noir et pierreux qui creusait le centre de mon ventre fripé, ce vestige déprimé de ma vieille naissance, cet orifice opaque où s'était déposée la poussière de mes amours décomposées, l'humus incertain de mon avenir. Cette unique béance était tout ce qui me rattachait encore à mon sexe incertain, archaïque, au cloaque indicible de ma mère inconnue. Puis une année vint où les morts ne se présentèrent pas à la porte du monde, où personne ne s'avança plus vers le soleil des vivants. Alors, comme je me penchais à nouveau, un soir de fatigue, au bout du Forum, entre l'arc de Septime Sévère et la Curie, sur mon impénétrable mystère, je vacillai. Je me penchai encore davantage. Ce n'était plus une pierre noire, mais une innommable couleur, comme tombée du ciel nocturne, ou plus précisément c'était comme si le ciel tout entier, avec ses étoiles, s'était abîmé là ; et que les astres les plus lointains eux-mêmes, morts peut-être depuis longtemps, avaient épuisé en moi leurs derniers feux. Un goudron grumeleux m'aspirait comme un sable mouvant, s'insinuait dans chaque pore de ma peau : le temps avait eu raison de moi. Plus aucune trace de Cerbère, de l'Érèbe ou du Tartare ; mais une sorte d'absence sans bord et sans profondeur, d'où montait un froid si saisissant, si brutal que je ne le perçus qu'à l'instant où il me saisit. Ensuite j'avais voulu hurler, mais aucune gorge n'aurait pu former le cri capable de figurer pareille déréliction, j'avais voulu me dégager, mais tout mouvement était devenu impossible. En dépit de ma légendaire puissance, je ne pouvais m'en défaire et, à vrai dire, je ne tombais pas dans ce gouffre mais plutôt me trouvais y gésir, paralysé, privé du temps et de l'espace. J'avais perdu connaissance, et cependant je continuais à entendre, à sentir, à penser : ce qu'on nomme l'enfer.

Et voilà que je suis morte et vivante, vingt-huit siècles après le mystère de ma naissance, Rome tout entière suspendue en ce gouffre insensé : l'histoire est un dîner qui s'éternise, des convives rougeauds desserrent leur ceinture, descendent en pantoufles leurs ordures triées, les lancent dans des bennes, béantes dans l'air du soir, dès avant les fromages j'ai eu le désir fou de quitter cette table, de sortir sur la terrasse tiède pour te rejoindre et fumer dans la nuit et caresser tes fesses, mon amour, le bonheur est un brasier infime juste au bout de mes doigts, des volutes chassées par des rafales mortes, sous les plis de ta robe je trouve à me glisser. Mais non. On fait quelques efforts, on s'anime, on parle plus fort, on vide sans cesse son verre, on n'écoute plus rien, enfin on n'en peut plus, vraiment, on a bien placé plusieurs fois sa main devant sa bouche, on s'est pincé les cuisses sous la nappe si blanche, peine perdue, fatigues, gestes fourbus, alors on bâille, comme un poisson, comme un chat, comme un homme, défaillant vers le ciel vide, défait.

vie nouvelle

Et encore, et toujours, et longtemps, Nano se lève comme les autres, ceux du service de jour, harassé comme les autres, à quatre heures du matin. L'autocar s'ébranle et glisse sur l'autoroute en direction du sud ; il croise des chargements d'hommes ballottés sur leur siège, fourbus par le service de nuit, ouvriers des chantiers de construction, portefaix de la crique, manutentionnaires de Port Ahmed. Le soir, sur Al-Mokhtar Road, près de l'arrêt de bus climatisé toujours bondé, il retrouve les mêmes hommes qui patientent et qui fument accroupis, sans parler, attendant le retour, à l'ombre des piliers du métro aérien. Dans les embouteillages, il leur faut deux heures pour rentrer, à moins de vingt à l'heure. Devant les baraquements, des hommes silencieux claquent sur le béton leurs tuiles de mah-jong, d'autres gagnent à pied un lotissement de villas hideuses, impossible de déterminer si elles sont finies, où des Chinois ont monté des tripots clandestins, des salons de massage ; où des maquereaux kazakhs proposent aux Indiens des filles censément vierges pour soigner leur vérole, et même leur sida ; où quelques Libanais proposent du haschisch et des amphétamines, des portables trafiqués. Contournant les villas, Nano atteint dans la nuit noire un bâtiment indistinct, deux étages de parpaings, une terrasse vide. En février 2008, de violentes bagarres ont laissé en sang, autour du terrain de cricket pelé, vingt Pakistanais et quinze Indiens. L'incident parachevait un problème récurrent, chaque équipe refusant que l'arbitrage soit confié à un citoyen du pays adverse, tandis que le seul être, un Sri Lankais, qui avait été assez téméraire pour accepter d'arbitrer s'était révélé largement incompétent. Le groupement d'entreprises privées qui contrôle le district des baraquements a installé ici un centre Internet, à proprement parler quelques salles seulement, que l'organisation charitable de l'un des nombreux princes du pays a câblé en haut débit, a pourvu de beaux écrans plasma et de puissants ordinateurs. La plupart de ces équipements servent désormais au visionnage de films pornographiques, grâce à deux informaticiens tamouls qui sont parvenus à contourner les filtres imposés par le ministère de la Communication, mais aussi à d'innombrables appels téléphoniques en urdu, en pakistanais ou en swahili, tout le deuxième étage se trouvant maintenant plongé en permanence dans le bordel babélien de l'esclavage mondialisé ; à l'exception, tout au fond de la salle, de quatre postes isolés, exclusivement dévolus, à la demande du prince éclairé promu ici au rang de roi du câblage, aux jeux vidéo en ligne, dont lui-même est friand. C'est là que Nano apprend à jouer, d'abord à

Contre-Attaque où il a rapidement excellé, ce qui lui a valu la protection des bookmakers chinois qui parient sur tout et sur n'importe quoi, courses de chameaux émiraties, championnat de football anglais, probabilité d'une tempête de sable, élections municipales de Karachi, fautes de pied dans les matches de cricket, nombre de morts à La Mecque durant le pèlerinage, duels guerriers et virtuels sur *Contre-Attaque*. Après quelques semaines, Nano bat tous les champions de la ville-dortoir, n'ayant rien d'autre à faire ici, n'ayant que cette possibilité, ne serait-ce que pour quelques heures par semaine seulement, pour sortir de ce four solaire qui se croit un pays, et ainsi de cesser de se demander s'il vaut mieux vivre penché à briquer six jours sur sept des cuvettes pour rembourser en cinq ans le passeur de Delhi qui emploie ici deux percepteurs ukrainiens particulièrement obtus, ou s'il est préférable de se pencher devant le Taj Mahal pour se faire enculer.

Le vendredi est ici le seul jour de repos. Le centre Internet étant fermé pour ne pas agacer les croyants de la plus stricte observance, rien à faire, vraiment. Les ressortissants de la République islamique du Pakistan s'en vont à la mosquée, beaucoup d'Indiens restent ici à jouer et à boire, et les hommes les plus jeunes, dont Nano fait partie, se cotisent par groupes de trente pour sous-louer au noir les autocars du chantier, qui les traînent vers les rares plages non payantes de Jurba Beach, au sud de la capitale. Ils restent des heures à regarder les quelques femmes blanches assez mal informées pour ne pas préférer les plages dont des gardes armés interdisent l'entrée aux pauvres, à cent mètres de l'eau, une muraille de tours jaunâtres encore inhabitées, sous le regard méfiant de la police urbaine. Les yeux brûlés par la réverbération, la main en visière, les jeunes hommes s'accroupissent sur leurs talons, prennent laborieusement un air dégagé, et lorgnent la chair des femmes qui rissole au soleil, et lorgnent les plis des chairs des femmes en bikinis, et lorgnent les seins lourds presque nus sous les maillots trempés. Entre la plage et la muraille des immeubles aux fenêtres zébrées de blanc d'Espagne, une fête foraine s'est tassée sur un parking, entre deux rangs de containers chinois désaffectés. Des manèges dérisoires, écrasés par les tours, tournent à vide, ou presque ; un enfant armé d'une kalachnikov fusille sa petite sœur contre la tôle bleue du kiosque à bonbons, pendant que sa mère téléphone. Sur une pointe de sable arasée au bulldozer, tout au bout de la plage, un camion-grue jaune vif tend sa flèche de levage au-dessus de la mer, lâche d'un coup son câble et l'un des travailleurs se balance quelques dizaines de secondes au bout de son élastique, sous les vivats moqueurs de ses amis peureux. Parfois Nano s'écarte et, seul, il longe plusieurs centaines de mètres d'immeubles résidentiels surplombant des marinas croupies comme les molaires jaunies d'un monstre disparu. Il prend la rame automatique qui le dépose tout au bout de l'île-palmier, flâne autour du parc aquatique : dans un vaste bassin, agité mollement de vagues artificielles, des blondinets rouge brique, badigeonnés de crème, caressent des dauphins dans un mètre d'eau tiède ; plus loin une eau trop chlorée entraîne magiquement, sur des rampes spéciales, les clients de tous âges assis dans leur bouée, vers le sommet de toboggans sinueux qu'ils dévalent en hurlant. Puis de gros tuyaux transparents les avalent. Ils traversent, vautrés, des aquariums splendides où ils peuvent admirer, au prix du moindre effort, les beautés naturelles des mers chaudes ; alors même que leur présence ici, massive, et d'une façon plus générale leur existence à la surface de la terre, leur mode de vie obscène, sont précisément la cause de la disparition de la flore, de la faune maritimes qui, naguère encore, prospéraient sous la surface de la mer, distante d'à peine trente mètres ; et que, pour les accueillir, on a gagné sur le golfe Persique, à grand renfort de remblais gigantesques, ces folles îles-palmiers entre les branches desquelles l'eau, désormais corrompue par l'absence de courant, se putréfie, crevée de bulles fétides, couverte d'une écume verdâtre, devant ces villas pieds dans l'eau que l'agence immobilière nationale peine désormais à vendre ; tandis qu'à deux blocs de là, dans d'immenses centres commerciaux, les acheteurs du monde entier semblent glisser, plus qu'ils ne marchent, le long d'allées cirées, à travers des patios, sur de longs escalators qui ne sont guère plus que des plans légèrement inclinés, propres à épargner à tous les visiteurs la peine des escaliers, de plus en plus de vieillards et de riches obèses ayant pratiquement renoncé à l'usage de leurs jambes, certains enfoncés dans le siège de petits véhicules électriques qui surprennent les nouveaux arrivants, car ils passent sans bruit, sur les marbres climatisés. Plus loin une fontaine-sculpture, muraille d'eau de vingt mètres de haut, le long de laquelle plongent des atlantes de bronze, comme des suicidaires, vers une eau trop peu profonde et, plus loin encore, des femmes en djellabas patinent sur la glace au bras de leurs frères : de nouveau la merveille des fonds marins, de longs tunnels aquariens où des bancs d'êtres humains passent à pied sec, dans les flashes incessants, la bouche légèrement ouverte comme celle d'un mérou malade, au milieu des requins lents et lourds, des éclats de mercure synchrones des petits poissons blancs.

Dans le plus grand et le plus récent de ces aquariums, Nano contemple maintenant, au milieu d'une escorte de daurades et de poissons-lunes, la silhouette admirable d'un requin-baleine. Le plus grand poisson du monde offre son ventre blanc aux labres nettoyeurs. Un comité local a réuni les âmes les plus sensibles et demande, depuis des mois, qu'il soit replacé dans son habitat naturel; mais son action est contestée par quelques groupes écologistes, ainsi que par les avocats des propriétaires du centre commercial, justement parce que dans ce milieu, désormais invisible, le requin-baleine esseulé errerait lentement, affamé de plancton, sans possibilité de se reproduire. Dans un éclair de génie cynique ou de bêtise veule, les concepteurs de l'aquarium ont d'ailleurs choisi pour thème de décoration, justement, celui du continent perdu. Ils ont créé une Atlantide au bord de cet émirat qui ne dépasse que de quelques mètres à peine le niveau de la mer, et il est vraisemblable que, dans moins de cinquante ans, des touristes émoustillés viendront ici faire de la plongée, admirer les grands champs d'algues vertes alanguies des pistes noyées de l'aéroport, glisser sans effort dans les salons engloutis des hôtels de luxe et dans les nefs immenses des centres de commerce où des murènes aveugles attendront de happer le corps flaccide des seiches moribondes dérivant vers leur antre. Mais le soir tombe vite, Nano retourne sur ses pas.

Un jour le jeune prince Rachid, celui-là même qui a financé le centre Internet des travailleurs, demande à le visiter. On lui présente naturellement Nano, avec lequel le prince livre une partie endiablée de *Contre-Attaque* dont il ressort battu à plate couture. Il accepte cette défaite avec cette bonne grâce qui fait l'admiration de son entourage ; une semaine plus tard Nano est convoqué en ville, dans l'une des maisons du prince Rachid ; et sa vie de nouveau change.

chef

Et donc, comme tout le monde, ce soir pour la première fois, vers les sept heures, en cet avant-dernier jour d'un mois de mai à Rome, je bâille, et aussitôt Mussolini s'avance sur le balcon drapé du Palazzo Venezia dont les pierres ont été dérobées au Colisée voisin, il y a cinq cents ans. Cet événement manque d'abord de passer inaperçu. C'est l'heure où les Romains rentrent dans ces banlieues qui salissent mes flancs, moi qui justement n'avais pas connu jusque-là cette plaie, clapiers où les ont déportés deux cents ans de spéculations politiques et immobilières, et je sais bien que les *insulae* où jadis les empires les avaient entassés n'étaient guère plus élégantes, étaient assurément beaucoup moins confortables, mais tout aussi bien je sais qu'au milieu du siècle dernier quelque chose d'immonde s'est glissé sur la terre en rampant et qui jamais dans le passé n'a eu d'équivalent, oui, c'est l'heure où tout autour de moi des Romains harassés parquent dans des sous-sols leurs voitures puantes, l'heure où les ménagères voûtées remontent des allées tristement identiques, l'heure des télévisions hurlant leurs jeux immondes et les diarrhées nauséabondes de l'information, l'heure où l'Italie répète son minable secret : l'histoire est pour elle finie. Et ce qui reste ici de grâce et de beauté ne fera désormais, au mieux, qu'y survivre. L'heure où les Romains désertent la coquille ouvragée de mon centre historique où de vieilles familles ont vendu à l'encan des palais délabrés à des compagnies d'assurances, à des marchands sans temple, à des fonds de pension, où dans le labyrinthe des ruelles ombreuses des chauffeurs de taxi klaxonnent furieusement au cul d'Allemandes placides qui se croient seules au monde, une glace fondante à la main, où des grappes de touristes suants, l'oreillette vissée sous la casquette siglée, suivent comme ils peuvent les explications de leur guide que signale son fanion, et qui sursautent, dans leur graisse tremblotante, si des bus électriques se faufilent sans bruit parmi eux, oui, le bordel infernal du tourisme mondial, dans la bulle factice du péage électronique.

Sur la piazza Venezia un torrent de scooters déborde dans l'avenue du Corso, une ambulance dévale la via dei Fori Imperiali et fend les flots gris des automobiles. Comme chaque jour Carlo, tassé derrière le volant de son autobus à impériale Roma Cristiana flanqué de publicités pour un parc d'attractions de la banlieue nord qui représentent une femme en bikini, à cheval sur un crocodile, sous le regard buté d'un gorille assis à sa gauche en tailleur, s'en est venu de Frascati promener les touristes, du Latran à Saint-Pierre. Carlo a voté l'an dernier pour le maire fasciste, par fidélité à sa jeunesse turbulente, il s'est marié juste après la mort d'un Rom qu'on avait cru coupable d'un viol dans un jardin public de Frascati, et qu'on avait coursé jusque dans le passage Vittorio-Emanuele II, près de l'église du Gesù où il avait espéré trouver refuge, il avait trébuché et était tombé dans l'étalage du fleuriste, sous la voûte blanche de la galerie de béton ajourée, alors qu'il avait presque réussi à les distancer, le marchand l'avait saisi au col en hurlant des imprécations, ses poursuivants l'avaient traîné dans la petite rue de derrière, et dans ses rêves Carlo entend encore le bruit particulier des barres de fer brisant les jambes du fuyard, Carlo ne claquera plus jamais la porte de son four à micro-ondes dont le son étouffé lui rappelle celui qu'a produit la batte de base-ball du gros Simone sur le crâne de ce putain de Rom qu'ils ont roué de coups de pied, et finalement, non, ce n'était pas lui, et le viol lui-même n'avait pas été confirmé, Carlo avait cessé de fréquenter le groupe d'autodéfense Valori italiani, mais tout cela est si loin désormais et, tout à sa joie de retrouver son idole, Carlo coupe le contact et descend de l'autobus pour s'approcher du balcon ; bientôt toute la place, figée, écoute.

On entend distinctement la voix forte du Duce. Il parle comme toujours, habité par ses phrases, acquiesçant à son propre discours, avec des mouvements vides de pigeon fanatisé. Installé au balcon du Palazzo Venezia, à l'étage d'honneur, il a commencé lentement, ménageant de longues pauses pour des applaudissements qui ne surviennent pas, mais qu'il entend cependant, encourage de la main, puis il hausse le ton, et semble chasser quelque taon agressif. C'est un petit homme à tête énorme où roulent des yeux de veau, coiffé d'une casquette rutilante, et qui demande aux Italiens et aux Italiennes, dans la Patrie et dans le monde, d'écouter ses paroles. Il dit que l'Italie possède enfin son empire. Empire fasciste, parce qu'il porte les signes indestructibles de la volonté et de la puissance du licteur romain, parce qu'il est le but vers lequel, durant quatorze ans, ont été tendues les énergies impétueuses mais disciplinées des jeunes et vaillantes générations italiennes. Il dit Ô Italiens, voici la loi qui clôt une période de notre histoire et qui en ouvre une autre, comme un immense passage vers toutes les possibilités de l'avenir, il dit Levez bien haut, légionnaires, vos drapeaux, vos armes et vos cœurs pour saluer, après quinze siècles, la résurrection de l'Empire sur les collines fatidiques de Rome. Carlo le salue en sanglotant de joie. On n'en finira donc jamais. Misère.

Et de loin en loin, même espace autre temps, un homme vient qui me comprend, comme ce philosophe penché sur mes toits, sur les terrasses vertes du Janicule, à l'ombre d'un grand arbre, et celui-là m'a vu comme personne, c'est-à-dire comme un monstre unique, car le monde n'est pas plus fait pour l'homme que l'homme pour le monde, et tout cela n'a pas de sens, sinon une nouvelle danse de l'alphabet des choses, de la terre et du ciel, la combinaison miraculeuse de myriades d'atomes pour produire ceci : la mer de mes toits roses et carmin, les fruits de mes jardins et l'eau de mes fontaines, et les millions de ceux qui ont vécu, aimé et souffert dans mes rues, qui sont morts maintenant comme je mourrai un jour, succombant aux assauts du temps, décombres et poussières, ruines où former d'autres mondes, mais n'ayant pas en vain vécu si j'ai connu la chance de l'amour, et le philosophe s'en retourne dans sa villa, aux portes de la ville, où l'attend celle qui l'aime, à l'abri de la peste.

hilton vista suite

Le prince Rachid est notoirement généreux. Il a fait laver, coiffer et habiller Nano, comme un autre lui-même. Il l'a longuement entretenu de son projet : monter une équipe professionnelle qui permette à son pays de participer à la deuxième édition des jeux Vidéolympiques qui se tiendront à Rome. Il lui a fait remettre de l'argent liquide, l'a installé dans une petite maison qui donne sur la crique, où il a pour voisins les autres recrues du prince, jeunes héritiers de grandes familles, puisque le règlement impose aux participants de présenter des équipes uniquement composées de nationaux. Le nouveau passeport de Nano est en voie de validation. À la demande de son patron, qui veut mettre toutes les chances de leur côté en flattant l'orgueil national du pays organisateur, Nano apprend à pratiquer ce nouveau jeu dont la vogue ne cesse de croître, et qui s'appelle Rom@. L'objectif est de hisser l'équipe princière dans les rangs des six meilleures mondiales, pour accéder à la compétition finale.

Comme les autres jeux vidéo consacrés avant lui à l'Antiquité romaine, Rom@ propose de fonder une ville, de bâtir des temples, de créer des commerces, de les défendre contre des incendies, des tremblements de terre, des hordes de Barbares. Chaque équipe compose dans la ville une faction qui lutte pour s'imposer à la tête de l'Empire. Rom@ est un jeu complexe, subtil, où toutes les classes de la société sont représentées. Chaque joueur peut choisir d'être prêtre, soldat, patricien, plébéien, gladiateur, étranger ; les esclaves, pour éviter toute polémique, sont de petites boucles de programme sans importance ; mais tout cela, ce n'est pas ce qui attire Nano. Il se promène avec émerveillement dans les rues de la ville électronique, brillante, lissée, propre. Il aime les lignes pures et lumineuses des temples immaculés, les ombres roses de la brique et des tuiles, les douces ellipses des gradins, dans les stades ou les théâtres, la majesté des basiliques, l'épure des thermes aux élégantes mosaïques, aux eaux tranquilles. Au bout de quelques mois le nom de Nano est connu sur tous les forums de Rom@ : aucun joueur n'a jamais, aussi vite, accumulé autant de points. On commente ses choix stratégiques, ses tactiques ingénieuses, la prestesse de ses déplacements. Peu de temps après l'équipe émiratie est sélectionnée : le prince Rachid exulte.

Nano sollicite alors une faveur, qui lui est accordée. Un matin, une berline climatisée l'emmène dans le plus grand hôpital de la ville ; cinq jours plus tard un coursier vient lui porter une enveloppe, vers la fin de l'après-midi. Il la glisse dans sa poche, il monte sur la terrasse, il s'assoit, les jambes dans le vide. Il fume une cigarette. Le soleil couchant embrase les façades vitrées des banques. Il contemple les quais animés de la crique ; des hommes fatigués traversent sur des boutres, des marchandises de toutes sortes s'entassent sur les quais, des portefaix s'affairent avec des diables. Il ouvre l'enveloppe. Il est séronégatif. Il plie soigneusement le papier et le range dans son portefeuille. Le monde s'ouvre devant lui comme une fleur immense.

L'année suivante il s'avance vers moi, et sa joie est la mienne, mes collines dansent pour lui sous le soleil de l'Italie, des avions tracent leur ligne de nuages, des amoureux s'allongent dans l'herbe de mes parcs. Au dernier étage du Rome Cavalieri Hilton, il fume paisiblement et me regarde sans rien comprendre, oui, voilà que par une série de circonstances étranges Nano est posé comme un insecte minuscule sur le flanc verdoyant du Monte Mario, derrière le Vatican, en ce matin pluvieux de la fin du mois d'août, ne reconnaissant rien de Rom@ ici, et reconnaissant tout. L'eau fait trembler l'horizon, là-bas, sur le Pincio. Il contemple l'océan vaporeux des toitures noyées, comme un enfant rêveur. Il a vingt ans peut-être, et, quand il sourit, il en paraît quinze. Il cherche sans conviction le dôme de Saint-Pierre, sent contre sa peau la douceur étonnante du peignoir de l'hôtel. Il s'assoit sur la terrasse de sa chambre, frissonne de plaisir sous un parasol dégouttant, fume une autre cigarette encore, et j'aime ses gestes lents et précis, l'histoire comme une fumée grise descend dans ses poumons, il souffle avec application les volutes du temps, sous l'orage. Puis il se lève, s'habille et descend rejoindre les autres. Le ciel maintenant est troué d'éclaircies et la pluie s'est tarie, des jardins monte une touffeur de terre lourde et de pins parasols. Dans le hall de l'hôtel des hommes en costume sombre boivent des cafés en consultant leurs agendas électroniques pour se donner une contenance, feignent l'élégance des riches vraiment riches que démentent le pli fatigué de leurs pantalons noirs, leurs chaussures éculées, leurs mines terreuses ; dans dix minutes ils auront à descendre, à rejoindre le salon Médicis de l'hôtel pour participer à un séminaire consacré à la force de vente. Derrière eux, au-dessus du bar, s'étale une toile immense, sorte de triptyque de six mètres de long, peut-être, à laquelle ils ne jettent pas un regard. Le propriétaire milanais du Rome Cavalieri Hilton a jugé qu'il fallait montrer au monde le plus beau Tiepolo de sa collection personnelle, mais personne ne le regarde. L'attention de Nano est attirée par le panneau de droite : il représente un homme musculeux qui en soulève un autre. Il en lit le titre, qui ne lui dit rien : Hercule terrassant Antée. Mais il se souvient qu'enfant il rêvait de pouvoir se soulever lui-même par le col, et il y voit un signe favorable.

Le prince Rachid s'est installé dehors, au bord d'une piscine où personne ne nage, d'un bleu de matin calme. Il n'a pas vingt-cinq ans. C'est un jeune homme élancé, élégant, qui porte une courte barbe à la mode des Émirats et serre entre ses dents une petite pipe noire qu'il allume rarement. Il porte un costume Hugo Boss parce qu'il met un point d'honneur à respecter les usages des pays où il se trouve, et qu'il veut pouvoir exiger en retour des touristes visitant son pays qu'ils fassent de même, mais ce n'est pas le cas. Il a été le neveu préféré de Cheikh Mohammed, jusqu'à sa mort. J'ai connu tout le monde, je l'ai connu un peu : il est venu ici. En 1950 Cheikh Mohammed a émis le souhait de visiter mes ruines, comme tant d'autres, sur le chemin du retour de ses études en Angleterre, où il a passé sept ans à apprendre de la civilisation occidentale tout ce qu'il convient de savoir pour faire de son pays un État moderne, en bon rêveur d'empire, venu ici secrètement inquiet, encore un qui se croit plus malin que ceux qui le précèdent, et qui pense à la fin échapper à la loi de la ruine. Cheikh Mohammed refuse de pénétrer dans l'enceinte du Vatican mais il arpente longuement le Forum, en se faisant tout expliquer, des Romains indolents et curieux regardent cet homme en robe prendre dans un carnet d'interminables notes. Il gravit des marches sans nombre et atteint les terrasses du Vittoriano, il se penche longuement sur l'amphithéâtre des Marchés de Trajan, il s'évertue à reconstruire en imagination l'ensemble des forums impériaux, puis il rentre chez lui en rêvant de fonder quelque Rome nouvelle dans son désert vide. Il se trouve depuis dix ans à la tête d'une branche mineure de sa dynastie partie s'installer à l'écart, au nord d'Abu Dhabi, être maître chez soi même si ce chez-soi est une médina pelée donnant sur une crique morte.

Quand Cheikh Mohammed apprend que les fabuleuses réserves de pétrole de l'émirat voisin s'étendent sous la mer jusqu'au large de ses propres côtes, il ne perd pas la tête, il ne cherche pas à affronter son puissant voisin, et des conseillers sombres murmurent leur colère, parlent de lâcheté : il les congédie tous, puis il investit une partie de sa fortune personnelle dans le dragage de cette crique ensablée qui paresse au pied de son palais, il fait creuser ce port en eau profonde qu'il sait devoir bientôt manquer à ses rivaux ; et quand il faut importer tout le matériel nécessaire à l'exploitation des champs pétrolifères, il est prêt, et goûte sa revanche. Les lourds supertankers s'avancent sur leur erre vers ses longs terminaux, et Cheikh Mohammed touche enfin les forts dividendes de sa sagacité. Ensuite, les masses gigantesques du fret, le lent ballet des boutres, plus rien n'avait cessé : le monde entier passait par ce royaume, une ville puissante avait victorieusement repoussé le désert, des travailleurs immigrés avaient afflué là, plus tard la première guerre du Golfe avait encore accru cette prospérité, dévasté les ports de Shuwaikh et de Shuaiba, mines dérivant sans fin, croûtes de pétrole, épaves de navires. Grâce au Cheikh l'émirat maintenant est immensément riche, tout aussi bien que prodigieusement laid : il ressemble à son temps. Le Centre du commerce et de la finance est un arc de triomphe gris et lourd, au pied duquel défilent, sur un écran lumineux, les cours des Bourses et des marchés du monde entier ; pour le reste, palais de parvenus, fausses maisons anciennes, galeries marchandes, taudis relégués dans les sables du Nord.

mauvais sang

Je n'ai jamais été italien. Ou si peu. Ou si tard. Risorgimento. Ligues. Démocratie chrétienne. Connerie des nations et des nationalistes. Je suis de race inférieure, de toute éternité. Gloires : des soldats inconnus qui tombent dans le vide. Aucune importance. Connerie des drapeaux, connerie des uniformes. J'ai toujours préféré mes esclaves numides, mes mercenaires sarmates, mes Roms et mes Pakistanais, mes esclaves somaliens et chinois, tous mes Barbares, mes empereurs d'Orient et leurs généraux sombres, les paysans des Pouilles ou de la Campanie, chassés par la misère, mes fiers envahisseurs qui parlaient fort et haut, secrètement courbés en révérences, intimidés, les gamins de mes rues, mes papes, tous mes profils perdus, jetés ici au hasard des vents, sous l'œil méprisant des patriciens à cul de plomb et des familles enrichies. Tous m'ont laissé leur mémoire en partage. J'étais vivant par eux, et je ne pouvais croire que les enfers un jour prévaudraient contre moi. Ce sont les Barbares qui m'ont compris le mieux. Les civilisés m'ont haï sournoisement, me disant éternelle, rêvant de me voir morte. Et voici l'un de mes secrets : mon empereur véritable, et le seul, est un Juif vagabond dont l'histoire jamais ne connaîtra le nom, venu chercher ici le manger et le boire, simplement, et qui sut vivre mieux que ceux qui, se comportant comme s'ils ne devaient jamais mourir, regardaient, indifférents ou incrédules, leurs semblables autour d'eux s'en aller en poussière.

Mussolini a parlé encore longtemps, mais je n'ai pas écouté. Je connais tout ça. Les grandeurs minables. Les éternités qui ne durent pas. Je pourrais lui souffler vingt discours comme celui qu'il débite aujourd'hui. De l'autre côté de la place, les paroles martiales du Duce frappent la façade d'un palais médiéval-renaissant de l'an 1910 qui singe son vis-à-vis, où les Assurances générales spéculent sur la mort, et sur les catastrophes, et sur le fond si sûr de la violence des hommes. Leurs échos se réverbèrent et se diffractent, comme de vagues souvenirs de beuverie, montent jusqu'au soldat inconnu du Vittoriano, rebondissent comme des balles sur le vieux ministère des Anciens Combattants invalides de guerre, près du château Saint-Ange, filent le long du Tibre devant le bâtiment du Génie militaire, et jusqu'aux longues meurtrières blanches et tristes du Palazzo della Farnesina, ancien siège du parti fasciste, du côté du stade olympique. Toutes les guerres du monde pèsent sur mes épaules comme une armure de plomb, sur mes ruines étrusques profondément enfouies, sur les mausolées vides des empereurs défunts, sur les arcs de triomphe de la mort, tandis qu'un archange flamand rengaine au-dessus du Tibre son épée inutile, au faîte du tombeau de l'empereur Hadrien, prison rouge sang écorchée de ses marbres, maintenant que les guerres sont plus grandes que l'homme, et que la terre elle-même est malade de peur.

Je ne saurais déterminer s'il y a eu un moment précis où l'histoire a commencé de m'apparaître comme un long cauchemar. Je suppose que c'est venu comme le reste, avec le temps. En tout cas, dès la naissance de l'Empire romain, je n'y croyais plus trop. Sur le vieil Esquilin, l'immense Maison dorée de Néron dévore mes collines, et l'étendue de ses dépendances paraît former en moi une seconde Rome, avec ses champs de blé, ses vignobles, ses pâturages, ses forêts peuplées de troupeaux et d'animaux sauvages de toute espèce, ses pavillons de luxe. Sentant la fin de son règne venir, Néron est rentré précipitamment de Naples. Un moment il peut se croire invincible : il aperçoit, sur le chemin du retour, au flanc d'un monument, une sculpture qui représente un soldat gaulois, terrassé par un chevalier romain, traîné par les cheveux. Pourtant, au matin, il se rend compte que tous l'ont quitté, emportant de la vaisselle, des étoffes, des bijoux. L'empereur esseulé pleure en griffant sa tunique de ses longs ongles peints, au pied de sa propre statue. Puis il erre le long des péristyles sans fin désertés par la garde impériale et dans la salle des banquets, qui tourne sans relâche sur son axe comme une terre plate, sous la fresque voûtée du Zodiaque qui déroule l'écheveau maintenant monotone des jours et des nuits. Il s'allonge sur un lit moelleux, pour une dernière fois, et rêve qu'il s'empiffre, aux commandes des mouvements du monde. À l'aube, il doit s'enfuir, au son de verre brisé des chevaux des tueurs, sur les pavés de la via Nomentana, se réfugie chez un ancien esclave, trépigne, pleurniche, tempête, sanglote, demande qu'au moins on trouve pour sa tombe quelques morceaux de marbre, se lamente à l'idée de voir disparaître un artiste aussi admirable que lui ; et pour finir il doit se faire aider pour plonger dans sa gorge le poignard aiguisé d'une mort honorable. Bientôt, sur le sol craquelé du grand lac asséché de la Maison dorée, Vespasien, désireux de poser à l'ami du bon peuple, ordonnera la construction d'un grand amphithéâtre dont il ne verra jamais l'inauguration ; et les plafonds d'ivoire, les portiques nacrés et les colonnes d'or de la ville de Néron s'enfoncent dans l'oubli. Bientôt, les éléphants de l'armée d'Hadrien soulèvent la statue colossale de l'empereur déchu, la transportent devant le temple de la Ville, où l'on décide qu'elle représentera, désormais, Apollon. Quant au cadavre de Néron, on l'a brûlé. Il n'avait rien compris. La terre ne se meut pas. Ce sont les hommes qui tournent dans la nuit, dévorés par le feu. Tant de tombeaux fantômes, tant de mémoires damnées, tant de rêves effacés, tant d'illusoires puissances. Je me suis lassé. Au cours de la seule année 238, j'ai vu passer comme des ombres six empereurs. Et j'ai connu des rois, des gouverneurs, des maires. Leurs noms m'échappent aujourd'hui, comme à tout le monde. Les cendres de César, les lambeaux poisseux de sa toge trouée, le vent les a soufflés dans l'air du crépuscule, comme des graminées. Celles de Trajan, mort en Cilicie, et qu'on avait placées dans le socle évidé de sa haute colonne, elles n'ont pu y rester. Mes mausolées sont vides : celui du grand Auguste a servi de théâtre, d'arène à corridas, de salle de concerts, et même de jardin. D'un enfant aux lèvres ourlées, pâle et tuberculeux, Napoléon fit un roitelet triste qui n'atteignit jamais l'âge d'homme, et s'en alla pourrir dans un caveau à Vienne, jusqu'à ce qu'Hitler, en 1940, le ramène à Paris, sur un fût de canon, pour le coucher près de son père. Au Palais de la Civilisation du Travail Mussolini se penche sur la maquette immense d'Italo Gismondi, projette ses petits rêves de grandeur dans une Exposition universelle qui n'aura jamais lieu, pour cause de guerre. Je préfère encore les vrais fous, comme ce pauvre Héliogabale, qui prit soin de pénétrer mon enceinte à reculons, sur un char adorné comme un collier de courtisane, dans le désir fou de se voir enculé par l'Empire tout entier, et c'était avant qu'un détachement de prétoriens zélés le saignent comme un porc, dans les latrines sales où vainement il s'était réfugié ; il avait dix-huit ans. Et le Tibre impavide coule parmi les morts.

J'ai survécu à tout, mais cette fois c'est fini. Voici venu le temps où l'empire marchand dont je fus, l'espace de quelques siècles seulement, le centre tournoyant atteint les limites du monde, et me renvoie maintenant la monnaie de ma pièce : des touristes trop gras s'en viennent me piétiner le ventre. Naguère encore, la villa Ludovisi s'étendait des hauteurs du Quirinal jusqu'à la piazza Barberini, et son parc splendide accueillait les promeneurs comme celui, voisin, de la villa Borghèse, protégé des spéculateurs par un rachat de l'État. Mais les héritiers Ludovisi ont jugé bon de tout vendre à la Société générale immobilière, qui rase la villa, éventre les jardins et les parterres, lotit au cordeau le terrain, y pose de lourds pâtés de maisons bourgeoises, tout un grillage d'avenues tristes qui portent les doux noms des allées disparues : Sicilia, Flavia, Collina. Ce qu'aucun groupe humain n'a réussi à faire, l'argent est en passe de le réussir. Je me croyais lassé, une fois de plus, j'apprends que j'ai un cancer : quoi de plus banal? Je sais reconnaître les signes de ma défaite : au sud de ma place d'Espagne se dresse la façade maussade et massive du palais de la Sacrée Congrégation pour la propagation de la foi. Sous les arcades ornées de l'abeille d'Urbain VIII, les parasites de la marchandise ont élu domicile : le crocodile d'un vendeur de vêtements de sport et le canard d'un vendeur de valises s'étalent dans les vitrines. Ils se sont bien gardés, hélas, de détruire le palais — j'aurais préféré que, comme tous les Barbares, ils me fassent violence, m'imposent une nouvelle civilisation, des architectures aussi arrogantes que celles de leurs prédécesseurs chrétiens et romains. Ils se sont contentés de nicher, comme des coucous : galeries marchandes qui ne mènent nulle part, sinon à d'autres galeries, organisation de la misère par l'abondance, destructions intégrales sous couvert de rénovations, immeubles vidés comme des poissons, dont on garde les façades, soutenues par des planches, pour construire des bureaux, verrues blanches des stades toujours plus vastes, et plus loin, vers ma périphérie, les temples gigantesques de la marchandise et leurs rayons interminables, d'une laideur fonctionnelle sans égale dans toute l'histoire des hommes, dalles de béton, rampes d'accès, tôles monochromes et plissées, toits plats hérissés de tuyaux, et, au long des routes, jusqu'à Tivoli, les bottes fatiguées des filles que l'on vend aux automobilistes.

grand cirque

Quand Cheikh Mohammed meurt, l'émirat est déjà entré dans les temps nouveaux : il ne reste à son fils et successeur qu'à regarder passer, en prélevant ses dîmes, les flux follement prospères du commerce mondial, comptes numérotés, containers de marchandises, semaines du shopping, centres de conférences, norias touristiques, hôpitaux de pointe, résidences secondaires, tertiaires, quaternaires ; et à placer sagement tous les membres de sa famille aux postes de contrôle. C'est ainsi que le père du prince Rachid, cousin du nouveau cheikh, est nommé ministre des Transports ; et quand le prince Rachid est en âge, quand il a obtenu son diplôme de relations internationales à l'université de Virginie, son père lui offre de gérer l'une des innombrables zones franches du pays. Rachid choisit Internet City. Et, depuis lors, il a effectué consciencieusement toutes les charges que lui impose sa naissance, entouré des meilleurs conseillers, juristes pakistanais ou lettons, comptables géorgiens ou anglais, prévisionnistes suisses. Il a inauguré des dispensaires en

Afrique, des restaurants dans l'émirat, flanqué de vedettes de cinéma indiennes et américaines, il a contribué au financement de plusieurs mosquées en Europe occidentale, il a donné le départ de prestigieuses courses de chameaux, remis des chèques et des vases de cristal incrustés de diamants à des champions de tennis, de badminton ou de golf, il a offert des dîners d'apparat à des patrons de l'industrie automobile, présidé des rencontres multiculturelles, il s'est montré à Deauville pour la vente des yearlings et à Gstaad, au tournoi de polo.

Mais, depuis son adolescence, Rachid ne rêve que de battre l'équipe des États-Unis, et celle du Danemark, et celle de l'Italie, dans le cadre prestigieux des jeux Vidéolympiques qui se déroulent ici, à Rome, à partir de demain. Maintenant son hélicoptère s'élève au-dessus du Hilton, emporte son équipe vers le lieu de la compétition, Nano colle son nez sur le hublot, et me voilà réduit à l'état de maquette, de blanc squelette urbain couché dans la poussière, une peau ocre tendue sur mes os, mes célèbres collines écrasées par le ciel. Rien ne devrait l'étonner : il m'a regardé si souvent sur les images satellitaires, passant tant de soirées à se promener au-dessus du monde, descendant jusque dans mes rues. Dans le casque le copilote leur indique en anglais tous les grands monuments. Nano est déçu ; ce n'est pas la plus mauvaise façon de m'aborder, de me comprendre, s'il est vrai que personne ne peut arriver ici sans avoir une image de moi. La veille déjà, dans l'une des berlines louées par le prince pour son équipe, sur le trajet de l'aéroport, Nano a été consterné par la laideur prodigieuse de mes banlieues. Il regardait défiler les grandes façades mornes des usines, des entrepôts, des immeubles de bureaux, qui pourraient être n'importe où, en Californie ou en Espagne, se succéder les enseignes criardes du commerce mondialisé, les mêmes entassements de pauvres en immeubles grisâtres, les collines de déchets des ferrailleurs, les montagnes de mes ordures ; puis, passé le mur d'Aurélien, Nano est frappé par la petitesse des rues, par la grisaille ; dans Rom@, la luminescence des écrans magnifiait à ses yeux toutes les choses ; tout était flambant neuf dans cette Antiquité abstraite, et Nano est l'enfant de ce monde où le simulacre kitsch semble systématiquement excéder en beauté le monde ravagé. Il n'est pas habitué à regarder les villes à hauteur d'homme. Tout lui paraît minable. Moi, j'ai toujours aimé ma crasse et mes ruelles, et infiniment plus que les trois chancres boursouflés qui seuls ont suscité son admiration, et que la religion, la nation, le spectacle marchand ont greffés sur ma chair : la basilique Saint-Pierre, le monument dédié à Victor-Emmanuel II, le cirque du Colisée. Il ne reconnaît guère ici la beauté de Rom@. Le dôme du Panthéon lui paraît bien maussade. Tout à l'heure la longue silhouette de la place Navone l'a étonné, avant qu'il ne se souvienne que dans Rom@ elle correspond au stade de Domitien. Une pensée le fait sourire : il n'est pas venu à Rome depuis le troisième siècle de l'ère chrétienne.

Par la fenêtre sale et rayée de l'hélicoptère, Nano se prend à détester les saignées de mes plus grandes rues. Quittant l'héliport du Hilton, le pilote a piqué vers le sud, laissant derrière lui le Vatican, les grands bras ouverts de la place Saint-Pierre. Nano a déjà bien souvent survolé l'émirat, ses marinas factices, ses bâtiments ventrus comme les molaires d'un monstre répugnant. L'hélicoptère se dirige vers le Colisée, il descend pour en faire le tour, l'intérieur semble la carapace complexe d'un scarabée mort, aux cartilages usés, toute chair abolie ; et pourtant c'est le seul bâtiment antique qui paraît également appartenir, en quelque façon, au temps présent : un stade. Puis le pilote fait un détour par l'est, et l'œil de Nano s'ajuste peu à peu à moi. Il distingue le charme de mes terrasses fleuries, la finesse de mes clochers, la délicate géométrie des tuiles roses. Enfin ils redescendent vers le petit stade moderne qui jouxte les thermes effondrés de Caracalla et, sur le demi-cercle rouge des sautoirs de tartan orangé, l'appareil se pose. Trois berlines noires les attendent à la grille. Elles roulent devant les blanches et massives façades de l'Organisation des Nations unies pour l'alimentation et l'agriculture, puis s'engagent dans une longue avenue, déposent leurs passagers au pied des coulisses des jeux Vidéolympiques. Entre le Palatin et le Janicule, la silhouette effacée, fatiguée, du cirque antique s'allonge, à cent mètres du Tibre. On ne peut pas dire que les organisateurs aient mal choisi le terrain de leur compétition : les podiums sont adossés aux vestiges des gradins nord du cirque antique, face à l'Aventin, sous les ruines béantes du palais de Septime Sévère qui, dénudées de leurs parements de marbre, laissent voir mes secrets de pierre nue et de brique. Sur la scène, deux séries de six ordinateurs.

Derrière eux, six écrans géants permettent de suivre la partie en cours. Les meilleures nations sont là : outre l'émirat, l'Italie, le Danemark, les États-Unis et la Lettonie, la Nouvelle-Zélande, le Japon. Les éliminatoires se sont déroulées en ligne, de sorte que les finales sont l'occasion pour les joueurs de se rencontrer, souvent pour la première fois, pour les fabricants de faire des affaires, pour les versions actualisées des jeux d'être présentées au public le plus éclairé : une épreuve concerne un jeu de football, une autre un *shoot them up*, la troisième est Rom@.

La compétition n'a pas encore commencé. Nano s'avance sur le podium et découvre une interminable esplanade herbeuse. Cette fois, il sait où il est. Il connaît le Circus Maximus par Rom@, et c'est une impression étrange d'en voir les vestiges : ce champ pelé coupé dans toute sa longueur par un terre-plein central, vestige de la *spina* ; la piste réduite à un pauvre gazon ; au lieu des gradins, des pentes herbeuses. Au pied des podiums, Nano prend congé du prince et du reste de l'équipe, et il se hâte vers son rendez-vous.

empire sans fin

Le Duce termine son discours et salue la foule. Des Italiens applaudissent, de confiance des touristes les imitent ; les groupes consultent leurs guides, mais ils ne sont au courant de rien. J'ai fini de bâiller pour cette fois, je referme cette bouche ennuyée d'où s'échappent les siècles. Le balcon du palais et son occupant semblent saisis d'un tremblement. L'instant d'après le Duce n'est plus là, le vacarme de la ville remonte comme une mer, les taxis rageusement klaxonnent, le chauffeur Carlo, tout ému et songeur, regagne son bus bariolé, des bonnes sœurs indiennes en habit traversent à la hâte, en volée de papillons gris-bleu, les pelouses du terre-plein, et le centre historique est rendu à son agitation insensée. Des policiers patrouillent ici et là, sur l'avenue du Corso des agents de la garde financière roulent au pas, dans leurs voitures jaune et anthracite, surveillent sans conviction des Africains misérables, chargés des marchandises de la contrefaçon, qui filent furtivement dans les rues adjacentes ; vers minuit ils s'en iront, harassés, transpirants, poser leur camelote dans les sous-sols aveugles de boutiques minables, derrière la gare de Termini, où des Chinois méfiants et grassouillets leur compteront leur solde, tandis que les berlines trapues aux fenêtres aveugles glissent silencieusement sur le pavé, vers la Chambre des députés, s'immobilisent, et leurs chauffeurs maussades, en costume fatigué, se cureront le nez, derrière leur volant, en attendant leurs maîtres. L'avenue du Corso, comme un bel astre mort que le soleil d'ici fait paraître vivant, vitrines de faux luxe, banques noircies par l'essence mal brûlée, vieux kiosques de métal vert d'eau où l'on vend des maillots floqués de l'université de Rome, d'épais calendriers à la gloire du Duce, et dans le ciel mondial des hélicoptères sombres filent vers Milan.

C'est toujours la même chose. Les empires viennent et vont, je demeure à ma place, ballotté par les siècles : quelquefois rien ou presque, une bourgade de ruines, la capitale morne d'une province débile, le chef-lieu endormi du département français du Tibre ; d'autres fois, tête affairée du monde. Les triomphes de soldats en allés au néant, les Césars augustes, les Napoléons nains et leurs rêves de grandeur, se méfier des petits, toujours, des malingres, des fils outrecuidants, des obscurs revanchards, de leurs temples de paix érigés çà et là comme autant de mensonges, de leurs palais pompeux qu'ils ne finissent jamais et que la nuit des temps ronge comme des ossements, tandis que les fontaines murmurent leurs chansons basses, sur mes places assoupies.

Tout de même, j'ai craint Benito Mussolini plus qu'un autre ; non pas même qu'il fût pire ; mais le malheur des temps l'avait doté de moyens, de machines, d'ingénieurs dont Néron lui-même n'aurait pas pu rêver, et, pour la première fois, mon existence se trouva menacée dans ses fondements mêmes, par ce chef arrogant et futile qui rêvait à la fois de me transformer de fond en comble, autostrades, gratte-ciel, bâtiments ministériels, cubes de jeux d'enfant boudeur, géométrie glaciale des plans directeurs, et de ressusciter toutes mes gloires usées dormant dans la poussière : temples, voies pavées, basiliques. Les pillages d'antan ne m'avaient guère choqué : les chrétiens, par exemple, qu'avaient-ils fait, sinon me rendre ce que le monde avait subi de moi, du temps que j'écrivais fièrement, au fronton de mes basiliques, *ex manubiis* : payé avec les butins? Mais le Duce ne se contentait pas de pareils larcins. Il croyait voir grand, et tous les architectes rampaient devant lui. Ensemble, ils rêvaient de travaux qui dureraient un siècle. Ils n'avaient pas tenu vingt ans. De leur Troisième Rome, il ne m'est resté que deux avenues courtes, ainsi qu'un quartier, froid comme un rêve de prêtre impuissant : là-bas, vers le sud, le grand cube de l'EUR, des musées pâles comme des cimetières, une fête foraine que la rouille grignote; mais, au sein de mes murailles, ils ont jeté à bas des dizaines d'églises, des centaines de maisons, qui toutes assurément ne le méritaient pas; ils ont, sur près de deux cents mètres, déplacé pierre à pierre une énorme bâtisse, afin de pouvoir ouvrir, sous les fenêtres du Palazzo Venezia, une place imposante où former des faisceaux et jouer au soldat, devant l'Autel de la Patrie.

Et voilà le Duce posant pour les chromos, sanglé dans

son uniforme gris, la pioche levée bien haut pour fracasser des tuiles, misérable éventreur de quartier médiéval, rêvant déjà de se faire enterrer ici, au centre du mausolée d'Auguste peut-être, oubliant les urnes de Tibère, d'Agrippine et de Britannicus, pillées et vidées par les hommes d'Alaric, quinze siècles avant lui. Et moins de dix ans plus tard, le même, à Milan, Benito Amilcar Andrea Mussolini, suspendu par les pieds aux poutrelles de métal d'une station d'essence, comme un porc pillé par des chiens de passage, sur la piazza Loreto grouillant de toutes les haines, sous les crachats verdâtres des nouveaux démocrates qui, la veille encore, criaient que le Duce avait toujours raison, se pressant maintenant pour rire et l'insulter. Ce jour-là dans Milan on ne trouva qu'un homme pour vomir en voyant ce cadavre gonflé au-dessus de la foule, et c'était l'écrivain Curzio Malaparte, malade de pitié pour la bassesse des hommes. Pour finir, l'année suivante, tout au fond du vieux cimetière de Musocco, les bons républicains feront pisser leurs enfants sur sa tombe terreuse, avant qu'on le ramène là-bas, chez lui, à Doria di Predappio, car les vents tournent vite : depuis quelques années, une garde d'honneur veille sur son caveau.

Le balcon donne sur la salle des Mappemondes, où se trouvent deux gardiens. La fenêtre donnant sur le balcon est restée fermée pendant toute la durée du discours de Mussolini. Une enquête montre qu'il ne peut s'agir d'un canular et, sur les caméras de surveillance du Vittoriano, on distingue nettement l'orateur gesticulant. Pendant trois jours des camions de télévision, des photographes indépendants, des badauds, campent devant le Palazzo Venezia ; pendant trois jours, sur la toile électronique, les araignées paranoïaques s'en donnent à cœur joie et tissent leurs rumeurs. Partout dans le monde, de riches désœuvrés contemplent les images tournées par un touriste de Chicago, retiré en Floride. L'homme retourne à Tampa, fier d'avoir eu la présence d'esprit de filmer ; pendant les dix années qui suivent, il n'accomplit aucun autre voyage, et c'est au rayon des surgelés du Walmart de County Road que, saisi par le froid en ouvrant une armoire pour y prendre des lasagnes, il tombe en avant. La dernière image qui frappe sa rétine est un emballage cartonné de pizza sur lequel un chef italien lui sourit, la fourchette à la main. La famille du défunt perd son long procès contre Walmart, dès lors que les avocats de cette entreprise sont parvenus à établir que le défibrillateur placé à l'extrémité du rayon incriminé répond, sans toutefois être du modèle le plus récent, aux régulations de l'État de Floride sur ce chapitre de la santé publique. Sur le terre-plein de la piazza Venezia les fascistes tiennent un piquet et distribuent des tracts. Ils affirment craindre une provocation de l'extrême gauche, qu'ils savent capable de tout pour entretenir la confusion dans les esprits. Certains espèrent cependant le véritable retour du Duce, du plein emploi et d'une politique culturelle réellement nationale.

avatars

En marchant vers son rendez-vous, Delenda frémit d'espoir. Il attend cela depuis longtemps. Il rêve de pouvoir partager son secret et voilà qu'il rencontre, enfin, son égal. Nano détient, après lui, le meilleur score individuel du jeu. Il est impossible qu'un tel champion n'ait pas compris la grandeur de Rom@. Quand il parvient sur la terrasse du café, il s'avise qu'il n'a aucun moyen de le reconnaître, mais un individu, qui paraît avoir quinze ans peut-être, les dents mal plantées, maigre, plus noir encore qu'un nègre, lui fait signe. Et d'abord il espère que c'est une erreur, ou un fan de plus. Il cherche du regard, à la terrasse du café, un autre signe d'intelligence parmi la clientèle, en vain. Il avance à pas lents, souriant mais effondré, vers ce métèque chétif. Il avait espéré au moins un noble prince arabe.

Nano contemple son vis-à-vis, fasciné. Delenda Kartago semble tout droit sorti de Rom@, même s'il ne porte pas de toge, mais un pantalon de survêtement couleur de lin pâle, des chaussures de sport crème. L'homme ressemble très exactement à son avatar dans le jeu : cheveux courts coiffés à la romaine; muscles étonnants, dont Nano ignorait jusque-là l'existence, qui jouent sur son cou, sur ses bras, sous l'étoffe moulante de son maillot blanc. Il est assis du bout des fesses, sur un siège en plastique trop étroit pour lui, le torse droit. Ses mains sont posées à plat sur ses cuisses, dans une symétrie parfaite. Malgré le soleil éclatant, il ne transpire pas. Quand ils se penchent l'un vers l'autre pour tâcher de comprendre leur anglais respectif, un parfum complexe, composant de bouffées de shampoing, d'effluves de déodorant et de crème de jour, enveloppe Nano. Delenda est si déçu qu'il ne peut d'abord se résoudre à confier son secret à un nabot pareil. Enfin, il n'y tient plus et, inclinant son buste massif vers lui, il lui demande s'il n'a pas déjà ressenti des impressions bizarres, durant ses évolutions dans Rom@; s'il ne croit pas que le jeu a un sens, il appuie sur le mot, plus profond, plus essentiel; s'il ne lui a pas semblé, parfois, qu'il s'agissait là d'un univers différent des autres jeux, d'un univers possédant sa vie propre; non d'un simulacre. Nano s'efforce de l'écouter et, pour se donner l'air de réfléchir, il fixe les cuisses de son vis-à-vis, songeant que chacune d'entre elles doit être nettement plus large que son propre bassin. Il demeure silencieux, hoche la tête machinalement. Se sentant encouragé, Delenda s'anime, lui raconte par le menu l'apparition de Benito Mussolini, la veille, au cœur de la cité. Nano n'ose pas avouer qu'il ignore qui est ce Mussolini dont on lui parle avec tant de ferveur, et qu'il ne saurait en répéter le nom, qu'il entend ici pour la première fois. Selon Delenda, ces accidents sont le signe indubitable que des temps nouveaux sont proches : c'est en regardant à la télévision les images des caméras de surveillance de la ville, sur lesquelles on voit un tourbillon se former au pied de la façade du Palazzo Venezia, juste avant l'apparition du Duce, que Delenda a reconnu exactement les sensations que lui procure Rom@, lorsqu'il y effectue une rotation de trois cent soixante degrés. Ce vertige particulier devrait lui permettre peut-être, un jour, espère-t-il, de s'en aller vivre dans la Rome de l'Antiquité, loin de la médiocrité ambiante. Le tourbillon de Mussolini est incontestablement la preuve que son rêve est sur le point de s'accomplir. D'autres mondes existent, ailleurs, et Delenda sait que Rom@ n'est pas un jeu, mais une porte battante ouverte sur le Temps. Maintenant Nano se trouve plongé dans un embarras profond : l'autre guette sa réponse ; il ne s'attendait pas à un fou pareil. Il bredouille quelques mots vaguement approbateurs, mais cela ne suffit pas, visiblement. Nano recule dans sa chaise, car il craint désormais que l'autre ne se lève, ne brandisse un glaive et ne le fende en deux. Delenda soupire, se redresse, abandonne l'affaire : ce foutu métèque, venu d'on ne sait où, est un imbécile qui le regarde bouche bée. Il n'y a rien à en tirer. Delenda se lève, prend congé de son interlocuteur sans même lui broyer la main, et revient tristement sur ses pas. Nano, lui, ne joue pas avant le lendemain matin. Il reste donc assis au soleil, consulte sa carte de la ville pour se donner une contenance et, quand Delenda a disparu au coin de la via dei Cerchi, pousse un soupir de soulagement.

Là-bas, devant le podium des jeux, des fanatiques jeunes, masculins, urbains, aisés, habillés de maillots personnalisés qui se ressemblent tous, sont déçus, et s'impatientent, sifflent, huent. Les organisateurs ont annoncé la venue du concepteur de Rom@, mais on vient d'apprendre sa défection : la légende veut que le dénommé Nitzky n'ait jamais mis les pieds à Rome, par une sorte de superstition mystérieuse, réside à Vancouver, et refuse d'être photographié ou même interviewé. On a donc prié Delenda Kartago de le remplacer au pied levé, pour déclarer les jeux ouverts. Sur le chemin de la scène, Delenda a repris espoir. Une gaieté folle monte en lui : bientôt tous ces petits-bourgeois avachis auront disparu. Bientôt.

pérégrins

Pendant longtemps, je n'ai pas même songé à voyager. À quoi bon, puisque le monde venait à moi, depuis des siècles ? Une inusable noria déversait ici, depuis le Moyen Âge, la foule immense des pèlerins fervents, des hordes d'Ostrogoths, des marchands ibères, des Vandales, les affranchis de tout l'Empire, des esthètes allemands, anglais, américains, français. Ils plongeaient studieusement dans leur guide des merveilles de Rome, dans leur Baedeker, dans leur Guide bleu ou vert, barbouillaient des aquarelles au Campo Vaccino, engloutissaient des assiettes de pâtes fraîches, achetaient des souvenirs, des scapulaires, des amphores de vin et des bouteilles d'huile. J'ai vécu deux mille ans sans une minute à moi, sans avoir pu goûter les plaisirs de l'absence et la joie des ailleurs.

D'abord j'ai préféré mes passants supérieurs, mes visiteurs désintéressés, mes adorateurs zélés. Les malins, les respectueux, ceux qui croient qu'ils voyagent beaucoup mieux que les autres, au long d'itinéraires romains tracés par des jésuites, sur l'impériale d'un autobus rouge, sur la banquette brûlante d'une calèche découverte. Les professeurs harnachés de sacs à bandoulière, entraînant dans de pieux exercices, penchés sur des questionnaires, des collégiens amorphes qui ne songeaient qu'à faire le mur, le soir, pour embrasser des filles, des archivistes, des paléographes, des érudits amateurs, des numismates méticuleux. Puis, les heures, les ans et les siècles passant, et à mesure que je voyais les hommes, ces ombres fugitives, filer en moi, disparaître en un éclair, comme les pièces sacrifiées par un joueur d'échecs impatient, inhabile, fou peut-être, j'attachais chaque jour moins de prix à l'intelligence ; et j'avais fini par aimer tout autant ceux qui ne me comprenaient pas, qui ne comprenaient rien, nulle part, ceux qui fermaient en soupirant leur guide, sans avoir pu distinguer le temple du divin César de celui des Dioscures, touristes harassés qui tentaient, par une chaleur de quarante degrés, de se figurer la hauteur d'un portique éboulé, l'étendue d'un bassin disparu, les étudiants sérieux qui n'osaient s'avouer qu'ils préféraient Lagos ou New York au lacis fastidieux de mes ruelles brûlantes, au solennel ennui de la culture morte, les vieillards qui lâchaient leur groupe en douce, pour s'asseoir à la terrasse d'un café, devant un granité coiffé d'une crème mousseuse, tous les passants rêveurs qu'ennuyaient les reliefs rassis de l'histoire et qui, remontant en sueur la via Gregoriana, aimaient à se représenter, apercevant la pointe de l'obélisque surplombant la place d'Espagne, le phare d'une mer qu'ils n'atteindraient jamais. Et qui cependant continuaient d'avancer, pleins d'espoir, sur les eaux immobiles du temps, tandis que plus bas, étalés sur les marches du grand escalier de la Trinité-des-Monts, des bancs de méduses touristiques rissolaient au soleil ou flottaient au hasard, à travers l'esplanade.

Dans mes veines coule le sang paresseux et vicié des hommes trop nourris qui prennent des photos de mon corps gangrené. Je les envie parfois, moi qui ne peux sentir ni mes bras ni mes jambes, affalé sur mes collines, les yeux cloués au ciel, seulement averti de ma déliquescence par l'odeur phéniquée de l'urine des innombrables chats étiques, réfugiés dans la fosse du Largo Argentina, près des restes confus du temple du Jour Présent, où pourtant quelques accents résonnent encore de la musique de mes autels, de mes colonnes et de mes toits, de mes façades baroques. Oui, je jalouse bêtement leur santé, leur ignorance vaine. Si j'étais jeune encore, je me contredirais, je me mettrais à sac, je dormirais par terre sous mes plafonds splendides, près d'un feu de sarments, j'inventerais des noms neufs pour les dieux des musées, et je ferais danser, jusqu'au vertige, les fantômes fragiles des fresques écaillées, enfin je partirais, laissant pendant mille ans s'effriter le Forum, j'irais loin de mes ruines, lavé de mes poussières, aux quatre coins du monde, rêver d'une autre vie, anonyme et secrète.

Après la réapparition de Mussolini, tout va très vite : le lendemain, des policiers en civil viennent observer les lieux, dans des tenues de policiers en civil aisément reconnaissables. Sous les arbres chétifs du square San Marco, des hommes sans papiers traînent leur ennui, leur vie jetée pêle-mêle dans des sacs en plastique. Ils ont mis à chauffer la tôle d'un bidon pour brûler leurs empreintes, au creux d'un terrain vague, derrière le Testaccio. Ils n'ont jamais connu de moi que cette pelouse pelée, que cette petite fontaine de bronze où boire et se laver, que les âcres fumées des voitures et les aboiements grêles des scooters, et du matin au soir tous les passants leur semblent des agents de police en puissance.

À la fin de la semaine, quelques vans discrets se garent ici et là, et quand les pérégrins comprennent il est trop tard : la police a bouclé tout le square, et la rafle commence. Le soir même un avion spécial se pose sur l'aéroport d'Addis-Abeba, lâche quatre-vingts hommes tout au bout du tarmac, se ravitaille sur place et repart, dans l'air glacé, par-delà les montagnes. Certains s'en retournent, les mains vides, s'asseoir sur la place usée de leur village, et les enfants se moquent d'eux. Certains refusent pareille humiliation, se glissent sous la bâche d'un camion qui file vers la côte, passent en Somalie, cherchent cet ami du cousin d'un ami qui dirige, paraît-il, une troupe de pirates travaillant en hors-bord. Certains restent à Addis, vivotent de petits trafics, dorment dans les jardins. La plupart reviendront, par des chemins complexes, sur les côtes libyennes ; là, ils paieront leur part d'un rafiot à quatre mille euros ; le vendeur y joindra, selon l'usage, un téléphone satellitaire au répertoire duquel ne figurera qu'un seul numéro. Quand ils parviendront à proximité de l'île de Lampedusa, ils allumeront l'appareil et contacteront les gardes-côtes italiens. Une vedette viendra les remorquer jusqu'au port, comme la fois précédente. Mais, depuis leur dernier passage, les choses auront changé. Ils ne seront pas transférés dans la péninsule. On les parquera dans un centre de rétention tout neuf, déjà pouilleux et surpeuplé. Cette fois, ce sera sans doute bien fini pour ceux-là. Ils s'envoleront une semaine après, vers Addis-Abeba. Ils ne seront pas dans six mois, de nouveau, accroupis sous les arbres brûlés du square San Marco, ils ne dormiront pas sur les bouches d'aération des parkings souterrains, en rêvant d'une régularisation miraculeuse. Cependant d'autres encore viendront, d'Éthiopie ou d'ailleurs. Ou bien, le rafiot à quatre mille euros tombera en panne, ils dériveront pendant des jours en buvant leur urine, ensuite ils se battront et certains tomberont à la mer, puis ils s'étioleront sous des toiles cirées, quelques-uns périront de causes inconnues, et les derniers valides, perdant toute lucidité, finiront par sauter dans la mer, serrant un bidon vide en guise de bouée, avec l'espoir absurde de croiser un cargo, d'être portés jusqu'à l'île par un courant rapide. Les pêcheurs des côtes trouveront dans leurs filets quelques cadavres, d'autres auront dérivé jusqu'aux plages, des baigneurs effarés regagnent le rivage, la police intervient, on jette sur les corps une bâche de canot, une ambulance surgit pour les récupérer, ils sont restés deux heures sous le soleil cuisant, ils se sont gonflés de gaz, menacent de péter au nez des vacanciers, luisants de sueur et de crème solaire, qui se sont recouchés, à dix mètres de là, c'est fini.

prétoriens

Quand l'accident se produit, Nano se trouve à vingt mètres du vortex : il l'a vu se lever comme un orage sec, un tourbillon de poussières grises lancé comme un cheval dément, du fond du cirque, sur la foule des spectateurs. Il est simplement venu dans les coulisses suivre un peu la partie. Ensuite des chars surgissent sur la piste de sable, le Palatin d'un coup retrouve ses façades de marbre, ses péristyles ombreux, ses parterres de fleurs et, comme le tourbillon croît jusqu'à se faire tornade, Nano se met à courir via dei Cerchi, en direction de l'est, à l'angle il tourne à gauche, sans même se retourner il file en direction du Colisée. Il ne veut pas mourir. Pas maintenant. Pas comme ça. Le plus tard possible. Il se repère sur le plan que lui a fourni le concierge du Hilton, et se dirige vers la gare de Termini. Il sait qu'il trouvera par là ce qu'il cherche. Il porte sur lui, en permanence, scotché entre ses cuisses sur son périnée imberbe, le rouleau de billets de banque de ses économies, et ce viatique patiemment constitué devrait suffire à son entreprise. Il veut des faux papiers, s'enfuir ensuite, en Angleterre peut-être, loin de ces jeux futiles, dont la maîtrise l'a toujours indifféré.

À Roma Termini, le long des bas-côtés de la gare, dans la nuit sans ciel de l'éclairage public, dans les squares de la piazza dei Cinquecento, pelés par la fumée des autobus, évolue, comme il s'en doutait, toute une population fuyante, qui semble vouloir se soustraire au regard des passants italiens et des touristes : semi-clochards, travailleurs illégaux attendant leurs pareils pour retourner dormir dans une lointaine banlieue, vendeurs de haschisch ou de lunettes de luxe contrefaites, receleurs d'occasion. Sinon, le paysage habituel des entours de grandes gares : hôtels ayant connu jadis une gloire incertaine ; laveries automatiques, grossistes en bijoux fantaisie, en lingerie minable, bibelotiers ; dans le moindre alvéole de ce monde à peu près prospère — sous les porches désaffectés, le long de sections de trottoirs condamnés attendant une très hypothétique réfection, au pied d'immeubles de rapport entièrement rénovés promis à de jeunes couples qui rangeront dans la cour leurs vélos électriques et leurs poussettes profilées, devant les escaliers de vieillottes boutiques aux enseignes peintes effacées par le soleil et par la pluie —, des clochards somnolent ou fument, allongés sur leurs sacs plastique, des Asiatiques accroupis discutent avec animation et font claquer au sol leurs pièces de mah-jong, de petits trafiquants s'approchent furtivement des vendeurs ambulants pour leur fourguer deux cents briquets ornés d'une vignette stylisée représentant la fontaine de Trevi, un ballot de t-shirts Copacabana Beach

Club, un petit carton de stylos I love Roma. De jeunes hommes, indiens ou africains, attendent au coin des rues de traverse sales qu'un des Chinois des boutiques ait besoin de manutentionnaires. Certains même sont appuyés sur un diable, et s'efforcent de prendre un air professionnel. Devant la façade aveuglée et noircie d'un ancien établissement de bains publics, une soupe populaire s'est installée. La file des clients s'étend sur des dizaines de mètres, hommes et jeunes femmes, tête baissée.

Et c'est là, mon amour, que je t'aperçois pour la première fois. Ta haute taille se découpe au-dessus de la file des pauvres courbés par le malheur, et tout est si simple, puisque je ne vois maintenant plus rien d'autre que toi, que ton buste gracile et tes cheveux de jais, que ta chemise blanche, que tes hanches remplies ; devant toi, sur les tréteaux, un ordinateur portable blanc est posé. Tu relèves le nom des passants misérables ; certains parlementent, renoncent même, craignant qu'on ne les fiche, pour les incarcérer. Et cette fois il faut décidément que je devienne un homme, car il me paraît désormais impossible de ne pas te connaître et de vivre sans toi. À cet instant, Nano passe sur le trottoir d'en face, sans te jeter un regard, il marche à petits pas à vingt mètres de toi, non par l'effet d'une nécessité obscure inscrite dans les astres, mais par le plus fou des hasards, par ce jeu d'incidences insensées que les hommes crédules appellent le réel, et je descends vers lui qui m'accueille sans le savoir, je me fonds dans sa chair, et je connais enfin cette jouissance inouïe de disposer d'un cœur battant, d'une chair palpitante, ivre pour la première fois de n'être rien qu'un corps et rien qu'un seul esprit, oui, me voici enfin dans Rome, par la grâce de l'ombilic sombre qui me tient abîmé dans sa couleur innommable du temps qui ne passe pas, désormais moins qu'une ville, et pourtant davantage qu'un monde : un homme, mon amour, tout un homme et rien qu'un, et qui vaut tous les autres.

Après quelques échanges infructueux, Nano est parvenu à se faire indiquer la personne qu'il lui faut. Par une coïncidence incroyable son interlocuteur appartient à la même caste que lui, là-bas : il vient du même village de l'Uttar Pradesh et veut absolument connaître le nom de famille de Nano. Il se rembrunit quand Nano indique qu'il a été abandonné par son père, après la mort accidentelle de sa mère percutée par un train ; c'est du moins la version qu'il a reçue en héritage de ses voisins, et la seule qu'il connaisse, et d'ailleurs il n'a jamais cherché à en savoir plus. Nano a besoin de papiers, et les papiers sont chers. Il dit avoir l'argent. Il voit que l'homme évalue ses vêtements d'un coup d'œil méfiant et, comme ils ont été payés par un prince d'Orient, il réussit cet examen. L'homme lui-même ne possède pas le talent de forger des papiers valables, mais il connaît quelqu'un qui peut avoir accès à une équipe sérieuse, qui maîtrise la chose. Il donne rendez-vous à Nano pour le lendemain.

Derrière eux, à gauche de la gare, sous les arcades sud de la place, montent des bruits de lutte, des cris, et Nano se retourne vers la source du tumulte, tandis que son interlocuteur disparaît sans un mot dans l'obscurité d'un porche abandonné. Des hommes athlétiques, portant des bérets et des t-shirts verts et des battes de base-ball, équipés de fortes chaussures et de pantalons de toile militaires, frappent sans distinction tous ceux qui leur paraissent appartenir à la catégorie des immigrés. Ils s'attaquent ensuite, sous les arcades, aux petits centres d'appels internationaux et aux cybercafés, d'où des hommes en boubou s'échappent, terrifiés. Nano se met à courir vers le hall de la gare, mais sur l'esplanade il est intercepté par une seconde bande d'hommes : sous des blousons courts, ils portent des maillots floqués Solidarietà e Sicurezza. Nano prend un coup de matraque sur l'épaule, tombe à genoux, reçoit des coups de pied dans le ventre. Il ne s'est plus fait frapper depuis le temps où, enfant, il traînait derrière la gare de Purani Mandi ; aussi la douleur lui semble-t-elle extrêmement vive. Il s'efforce de rester immobile et de ne plus crier, enfin les coups cessent de pleuvoir, et les assaillants se lancent à la poursuite d'autres victimes. On entend au loin les sirènes de la police. L'assaut n'a duré que quelques minutes. Tous les blessés qui le peuvent s'enfuient. Quelqu'un se penche vers Nano, l'aide à se relever, l'assoit sur le capot d'une voiture, lui tend des Kleenex, te voilà, mon amour, tu le pousses dans ta voiture, tu claques la portière, tu cours te réfugier derrière le volant, tu jettes ton ordinateur sur la banquette arrière, tu démarres, tu files vers le nord en contournant le musée des Thermes.

Tu as aussitôt couru vers ta voiture. Derrière toi les prétoriens sont occupés à saccager les tables de la soupe populaire, et tu leur as échappé de justesse. Pour t'enfuir, tu longes un square, un homme est affalé là, immobile et sanglant ; tu arrêtes ta voiture ; tu l'interpelles en anglais mais il ne réagit pas. Tu l'as embarqué et maintenant vous roulez en direction de Prati, les pavés ronflent sous tes roues, vous croisez des voitures de police qui, sans trop se presser, roulent vers Termini. Quand Rome est devenue la capitale de l'Italie, il a fallu loger des milliers de fonctionnaires. On a casé les pauvres loin du centre. Ils y sont restés. Les notables du nouveau régime ont pu emménager dans leurs nouvelles demeures, sur la plaine du Champ de Mars, de l'autre côté du fleuve aussi, autour du Vatican, à l'endroit où naguère vaches et moutons paissaient de larges prairies, Rome désormais tête de l'Italie. Venu de Toscane, ton grand-père a acquis un appartement, au dernier étage d'un *palazzo* modern style, dont le balcon filant domine toute la ville, et mène vers le couchant à une immense terrasse fleurie, ton père y a vécu, tu en as hérité.

Et maintenant il y a là cet inconnu charmant. Tu as jeté ses vêtements dans la machine à laver, programme quotidien. Drapé dans une serviette blanche comme un prince exotique, il fume sur la terrasse, silhouette à découpe de bijou sur l'horizon des toits, contre la masse sombre du Janicule. Quand tu le rejoins dehors, après t'être changée, tu lui demandes une cigarette, et comme il n'a pas compris il s'approche, lève vers toi son visage, tu l'embrasses, sa serviette tombe sur le sol, le monde s'ouvre comme une figue mûre, le ciel vacille dans la nuit montante, je t'aime, et je ne suis plus Rome.

II

FENÊTRES QUI NE RÉPONDENT PLUS

Rien de ce qui s'est une fois produit n'a disparu.

SIGMUND FREUD

engeances

C'est la fin de l'été. Les bandes d'étourneaux s'élancent au-dessus des collines, en longues pulsations. Elles décrivent ensuite de complexes arabesques, comme de noirs nuages, parcourues d'incompréhensibles mouvements browniens, frôlent les frondaisons du Janicule, noircissant le ciel du Vatican, disparaissent d'un coup dans les arbres de Monte Mario. Une poussière d'oiseaux qui danse dans la lumière rasante, l'image parfaite de ce qui reste de mon esprit. Et de nouveau, lancinante, cette fatigue d'être une ville, mon amour, il y a vingt-six ans que tu es née ici, et que tu vis ici, mais que puis-je te dire, te connaissant à peine, pourtant je souris à tes longues mains, à tes seins hauts, à ton ventre bombé de statue. De nouveau la fatigue, mais c'est aussi, cette fois, la joie d'être humain et vivant, tandis qu'une jeune femme russe prénommée Irina, vêtue d'un pantalon beige et d'un t-shirt Eiffel Tower Fun, tourne sans but sur mon plus vieux forum, un guide bariolé à la main, cherchant l'emplacement de l'ombilic où la légende veut que

Romulus lui-même ait disparu un jour, emporté par une tempête aussi soudaine que brève, simplement parce qu'une occultiste ukrainienne, un peu médium, qui exerce son art dans la banlieue sud de Moscou et obtient de remarquables résultats, lui a certifié qu'elle pourrait, en trouvant cet endroit sacré, reparler à sa mère qui est morte trop vite, la matrice rongée par un cancer, alors qu'elles avaient encore tant de choses à se dire. Irina tourne et vire devant la Curie sans comprendre que ce petit appentis, couvert de poussière, au pied de l'escalier, érigé par la Surintendance des biens culturels pour protéger quelques mosaïques sales abrite également, pour un temps indéterminé qui dépend des crédits alloués par une fondation américaine pour de nouvelles campagnes de fouilles, mon fameux ombilic. Elle passe trois fois devant lui sans le voir, en se mordant les lèvres, dans son dépit rageur; et je voudrais lui souffler que c'est là, tout près d'elle, et qu'elle échappe en ne le trouvant pas à un danger terrible, car la pierre le dit elle-même : qui violera ce lieu sera maudit comme moi. Mais il est trop tard, et chacun se débat sur la terre avec ses énigmes. Ma fatigue joyeuse me fait baver d'abondance, bouche grande ouverte, comme une brute, le commencement certain de l'imbécillité aux lèvres d'un gâteux ou l'écrasant sommeil d'un enfant repu, dans la chaleur écrasante d'août, et le vent maritime passe trop haut pour rafraîchir mes murs.

Des tourbillons minuscules se forment, qui sont bientôt de graciles tornades. Elles ramassent comme des feuilles mortes les débris décolorés de l'histoire, les expédient au loin, dans les couches raréfiées de l'atmosphère terrestre, si violemment qu'ils se mêlent aux pulvérulences polluées de Pékin, de Madrid, de Tokyo, et recrachent ici-bas, au hasard des turbulences de l'air, des bribes de mon propre passé. Dans ce tumulte de plus en plus perceptible, les touristes se mettent à courir en tous sens sur le Forum, affolés par le brutal obscurcissement du ciel. Et c'est ainsi que tout à l'heure Audrey Hepburn apparaîtra à l'ombre des glycines de la via Margutta, c'est ainsi qu'elle flânera entre deux rangées d'antiquaires cossus et de galeries d'art, débouchera sur une place oblongue ornée d'un obélisque, elle sera là, oui, comme autrefois sur la place d'Espagne, et les flots de touristes ébahis s'écarteront révérencieusement comme une mer Rouge, Audrey Hepburn, dans son chemisier blanc, toujours intense, toujours diaphane, souriante, la taille soulignée par une large ceinture, sans que personne n'ose d'abord l'approcher, moins encore l'interpeller ou la toucher, ne serait-ce que par crainte de passer pour fou, sauf moi bien sûr, qui ne crains pas de l'être, mon amour, car entre toi et elle, qui te ressemble si peu, je vois naître tant de rimes secrètes, comme on sait qu'elles unissent les beautés de ce monde.

Alors tout change. Longtemps j'avais pensé : trop d'hommes ici et sur toute la terre, trop bruyants, trop présents, et depuis trop longtemps. Ils n'avaient jamais été aussi nombreux qu'aujourd'hui, d'autant plus redoutables qu'ils se trouvaient être, de ce fait, de moins en moins discernables; persuadés, au reste, d'être tous uniques, et même irremplaçables. Et maintenant je comprends qu'ils avaient raison de le croire, moi qui ai survécu aux guerres, au changement des dieux, aux sacs, au manège des empires, des royaumes et des démocraties, sans que cette engeance molle ait eu raison de moi. Au contraire : chaque année six millions de badauds, mais aussi ceux qui sont morts entre mes murs, et les poussières de leurs corps, et leurs fantômes, et ceux qui ont ici marché, qui ont ri, aimé, souffert, pleuré, qui m'ont admiré, tous leurs souvenirs et tous leurs désirs qui se sont un jour déposés dans mon lit comme un limon fertile, maintenant s'échappent de mes nécropoles, chrétiens frémissants, Barbares anonymes, poètes inconnus couchés dans l'herbe de mon cimetière acatholique, tant de noms oubliés qu'on écrivait sur l'eau, bourgeois fascistes des tombes rectilignes du Campo Verano. Ils me faisaient infiniment plus vieux que les sages historiens n'avaient voulu le croire, et ces millions d'années battaient dans mes artères comme un sang éternel. Et même si les vents d'Ouest, apparemment inoffensifs, avaient fini par ronger tout un côté des bas-reliefs de mes colonnes, celle de Marc Aurèle, devant le palais Chigi, sur l'avenue du Corso, celle de Trajan, tout au bout du Forum, écrasée entre les masses grossières des églises Sainte-Marie-de-Lorette et Santissimo Nome di Maria ; et même si dans la nef de Saint-Pierre la statue en bronze de ce saint voyait avec terreur son pied droit peu à peu disparaître, poli par les ferventes dévotions de millions de fidèles, c'était encore la vie qui réchauffait mes pierres, c'était encore ma vie, persévérant dans son être fragile : ceux du Moyen Âge avaient montré la voie, cortège de pieux arpenteurs qui, guide des merveilles de Rome à la main, lentement quittaient pour quelques heures la partie habitée de la ville pour s'en aller rêver dans les champs de mes ruines, au milieu des ossements des grandeurs défuntes, couronnés d'herbes folles, frissonnaient au déclin du soleil, et puis s'en retournaient vers les rares quartiers encore peuplés, hameaux perdus au sein de mes murailles flottant comme un costume d'homme sur le corps de l'enfant qui voudrait se grandir, et pour les siècles des siècles, les centaines, les milliers de pèlerins d'un unique dieu, des arts ou du soleil, jusqu'aux flots d'aujourd'hui, célébrant à leur manière mes beautés, dispersant dans le monde des images de moi, porte-clefs, Colisées de plastique, dieux de plâtre, tabliers de cuisine, cartes postales ajourées de mes pins parasols découpés sur fond bleu, de mes fontaines murmurantes, non sans que je comprenne, néanmoins, que cette aberrante prolifération de mes cellules n'était autre chose qu'un cancer généralisé, mais qui me disait aussi qu'il n'est pas sur terre d'autre loi que celle, si scandaleusement simple, que j'avais négligée, confite dans cet orgueil qui me faisait nommer Roma aeterna, qui veut que la vie n'est pas autre chose que le temps qu'il nous faut pour mourir, comprenant maintenant que les chrétiens, qui me volaient mes marbres pour orner leurs églises, étaient aussi ceux qui avaient sauvé tant de mes monuments antiques, en faisant des églises, à l'image de mon Panthéon, silhouette massive, intacte, encore que dépouillée de ses marbres, de ses bronzes, même des clochetons dont un jour Bernin avait pu l'affubler, et qu'enfin le grouillement des touristes poursuivait la même œuvre de mort et de vie, avec cette patience aveugle de l'océan qui ronge lentement les plus hautes falaises, car le temps joue pour lui.

orbi

Aujourd'hui, j'ai vu pour la première fois le jeu qui porte mon nom, sur les écrans dressés au pied du Palatin. Le décor de Rom@ offre une reproduction formellement parfaite de ma physionomie, à ceci près qu'on a curieusement omis d'y faire figurer la rive droite de la cité, le cirque de Néron, les jardins du Janicule, et même le quartier populeux et populaire du Transtiberim. Cette absence apparemment inexplicable a failli coûter cher aux promoteurs de Rom@. Des rumeurs d'antisémitisme et de xénophobie ont couru sur Internet puisque le Transtiberim était le quartier où vivaient jadis non seulement les Juifs, mais aussi la plupart des étrangers à l'Empire. La société éditrice du jeu, Black Box, a dû publier un communiqué indiquant que c'est le seul quartier situé de ce côté-ci du Tibre, et que les développeurs avaient préféré se concentrer sur la rive orientale du fleuve, où se trouvaient massés les principaux monuments de la Rome antique ; d'ailleurs l'absurdité de l'accusation de racisme, avaient habilement ajouté les avocats de Black

Box, devenait manifeste si l'on voulait bien se souvenir que Rom@ proposait à ses joueurs, parmi toutes ses catégories d'avatars, celle des pérégrins : chacun pouvait donc à sa guise devenir une danseuse parthe, un artisan juif, un marchand syrien, un musicien dace. Et, pour assurer les choses définitivement, Black Box venait d'annoncer que la nouvelle version du jeu serait lancée en présence de son inventeur, le désormais célèbre Nitzky, une légende dans le milieu des jeux vidéo. Il n'avait jamais quitté Vancouver depuis le début de sa carrière, et n'avait même jamais mis les pieds à Rome ; mais il serait là, en public pour la première fois. Cependant la polémique, comme souvent, n'était ici qu'un effet secondaire du succès : le jeu avait déjà conquis les esprits de milliers de joueurs, dans le monde entier.

J'ai visité cette Rom@, par curiosité, et vraiment je dois reconnaître qu'en décidant de me reproduire dans l'état où je me trouvais au IIe siècle de l'ère chrétienne la société Black Box a fait un excellent choix. J'atteignais alors un état d'équilibre fragile, si rare dans mon histoire. C'était juste avant que ne se défassent de mon squelette, pour toujours, les chairs nécrosées de l'Empire. J'étais donc encore tout à fait païenne, tandis que le nombre des chrétiens croissait lentement, sans que l'on s'en aperçoive, car il était bien difficile de les distinguer, confondus qu'ils étaient alors dans le même mépris que les Juifs. En somme j'ai vécu là ce qui ressemble le plus à la liberté, si l'on veut bien admettre que la liberté n'est qu'un court intervalle entre deux servitudes ; ensuite, aux marches de l'Empire, des peuples nouveaux se sont avancés, toujours plus menaçants. Il a fallu sans cesse colmater des brèches, ici ou là. De plus en plus souvent, les empereurs mouraient de pestes virulentes ou de blessures affreuses, aux confins du monde qu'on dit civilisé, à l'image de ce pauvre Trajan qui s'en était allé agoniser, si loin de l'Espagne de sa naissance; du côté de Vienne, je crois. Alors, comme pour effacer ce hasard malheureux, on avait ostensiblement ramené ses cendres à Rome, on les avait placées dans la base de la colonne qui portait son nom, rompant avec l'usage interdisant qu'un empereur soit inhumé dans l'enceinte de la capitale; lesquelles cendres, d'ailleurs, n'étaient pas, pour tout dire, les restes véritables de Trajan, mais ceux d'une effigie de l'empereur et de son épouse, qu'on avait rituellement brûlée, parce que le corps réel de Trajan, s'étant décomposé à une vitesse prodigieuse, avait répandu une odeur si terrible qu'on s'était empressé de s'en débarrasser. Mais cette odeur-là l'avait suivi, et je la sens encore.

Il me semble que les employés de Black Box ont produit un résultat remarquable, en un sens : mus par l'étrange révérence que le pouvoir et les fastes les moins démocratiques suscitent, même chez ceux qui devraient leur être étrangers, ils ont méticuleusement restitué mes villas, mes basiliques, mes temples, mes thermes les plus imposants; mais, pour le reste, ils se sont contentés de refaire au jugé. Le reste, c'est-à-dire à peu près tout ce qui en moi vivait, sentait, bruissait; dispersant au petit bonheur la chance les immeubles de rapport, les gargotes, les échoppes, tout ce qui dans les fouilles des hommes ne laisse que des traces ténues, confuses, la poussière des vies simples, l'écume de chacun de mes jours, la grâce infinie d'un amandier en fleur, le visage des passants. Si bien que Rom@ reproduit exactement mon passé, mais tel qu'il n'a jamais été ; tout le monde fait ainsi, j'ai l'habitude ; il se trouvera toujours des hommes pour appeler cela l'histoire : c'est leur affaire.

Mais vraiment ces prêtres tristes n'ont jamais rien compris. Je ne suis pas une image plate, je ne suis même pas une image, je ne suis pas ce labyrinthe de rues fades et muettes, funèbres et sans vie. Ils ont beau avoir repeint ma colonne Trajane, quatre cents mètres de bas-reliefs polychromes, avoir refait, comme à fresque, les murs sang-de-bœuf de la Maison dorée, les voûtes à caissons, les mosaïques blanc et bleu de chaque bain public, nous sommes loin du compte. Les dirigeants de Black Box n'ont pas voulu comprendre l'un de mes plus profonds secrets : je ne suis pas seulement le marbre qui me recouvre, et qui me fait paraître si propre, si lisse, mais aussi bien l'argile sale de mes briques, le teint cuivré de mes tuiles, la terre lourde de mes jardins, et c'est pourquoi les esthètes les plus délicats si souvent m'ont méprisé, me préférant toujours ou Pise, ou Florence, ou Ravenne, sans bien oser toujours se le dire. Un peuple d'ingénieurs, prosaïque et patient, m'a construite. Il ne manque rien à Rom@, sinon ma vie, sinon mes corps, mes humeurs, mon sang, mon cœur : façades brunes des immeubles de rapport, charmeurs de serpents et montreurs d'ours, cahutes branlantes des miséreux, crasse des ruelles sans nom, changeurs et barbiers, odeurs ignobles ou subtiles des marchés de mes places, prêtres, tire-laine, potiers, brouhaha des rues, vendeurs de charmes et de potions d'amour, porteurs d'eau, sueur du travail, humeurs des plaisirs. J'ai été tout cela. J'ai aimé tout cela. Je ne suis pas la tête du monde, comme on disait jadis ; comme telle, je n'aurais pas survécu longtemps : je suis plutôt son corps et ses lourdes entrailles qui grondent et qui palpitent, comme dans les allées des abattoirs, derrière les façades blanches du Mattatoio où, entassées dans des enclos de fer, les bêtes mugissantes attendent sans savoir, tandis que dans l'usine de la mort industrielle les carcasses de bœufs défilent le long des rails, pendues à des crochets ; comme dans les sous-sols du Colisée où attendent les fauves affolés, encagés, affamés, qui pour finir bondissent, dans la lumière d'or du sable de l'arène, vers un dernier combat et qu'alors, l'espace d'un instant, chacun des spectateurs sent l'indignité profonde du spectacle qu'on lui fait payer, refoule l'envie soudaine de pleurer qui lui monte à la gorge ; puis le fracas des trompettes recouvre leur honte, et de nouveau ils encouragent les bestiaires, en hurlant.

Alors, de nouveau, ni mort ni vif je somnole et m'abîme dans la nuit de ma pierre noire, porte béante des Enfers ; parfois, je m'éveille en sursaut, et me voici bien loin des murailles auréliennes, flottant ici et là à la surface du monde que j'ai su enfanter, ayant commercé avec toutes ses parties, avec les terres jadis inconnues des deux Amériques, poussant aujourd'hui jusqu'en Afrique, et jusqu'en Chine, visitant toutes les Rome nouvelles, et toutes les métropoles qui rêvent encore de m'égaler, qui copient servilement, sans toujours le savoir, le tracé orthogonal de mes rues principales, mon système d'égouts, mes églises, mes arcs triomphaux, revenant dériver sur les plaines de la vieille Europe que j'ai, elle aussi, inventée, sur la nuit enlaidie de ses catastrophes, là où des millions d'hommes traînent leurs existences insomniaques et obèses ; seul, partout chez moi, partout cependant comme en terre étrangère, m'incarnant en quiconque est capable de vivre : c'est ainsi que j'ai quinze ans désormais, c'est ainsi que je marche dans la neige bleutée d'une nuit septentrionale, sous la lune, nulle part : en Pologne. Je ne suis plus Nano, celui-là pour l'instant n'a plus besoin de moi. Je laisse derrière moi la ferme où j'ai grandi, devant moi le Musée dresse son ombre immense, je me nomme Nitzky.

héritage mondial

Nitzky a quinze ans. Il ne connaît pas encore mes murailles auréliennes. Il marche dans la neige bleutée d'une nuit septentrionale, sous la lune, nulle part. Derrière lui la ferme où il a grandi, devant lui le Musée.

Le Musée ferme à quinze heures en hiver; les autocars du soir chargés de visiteurs fourbus quittent mollement leurs parkings, s'enfoncent dans le brouillard en direction de la ville voisine, comme un cauchemar blanc. Les autocars du matin ont filé depuis longtemps vers des mines de sel, des églises en bois, des châteaux de brique vermillon, forfait tout compris, déjeuner gastronomique, guide assermenté. Le samedi Nitzky aide le père, qui traîne dans la boutique, depuis plus de dix ans, ses gestes abattus, ses yeux de belette triste, à ranger les présentoirs, les cartes postales, les cd-rom pédagogiques. Il replace les volets de fer sur la vitrine et les verrouille. Ensuite, ils sortent ensemble du Musée, saluent d'un geste de la main le gardien de nuit qui gare sa voiture, traversent la route défoncée en évitant les plus grosses flaques, regagnent la ferme familiale. Une étable désaffectée, noire et glaciale, où le vent s'engouffre ; deux corps de ferme de brique brune à un étage.

Dans la cuisine, la télévision hurle sans discontinuer et le grand-père bleuit, penché sur son fauteuil, comme une idole morte. La sœur s'affaire, avec des gestes hébétés de volaille gavée, flotte près des fourneaux, à un mètre du sol, dans son costume de vierge gothique, constellé d'étoiles. Elle accomplit ses quotidiens miracles, soupe au chou, cornichons à l'aneth, pommes de terre à l'eau. S'affaire. Se sacrifie. Porte sa croix qui pleure en larmes bataviques la mort précoce de sa mère. Une graisse mauvaise, tavelée de ses voluptés blettes, empâte son jeune visage, déborde sur ses hanches, engloutit son sexe inutile. Le grand-père rumine sa jeunesse comme une herbe toxique qui lui monte à la tête, cette maudite rafle de hasard, au marché de la ville voisine, ses protestations, il n'est pas communiste, son indignation, un authentique patriote comme lui, jeté avec des Juifs dans un baraquement, par la fenêtre duquel il peut apercevoir la maison de son père et ses champs qui pourrissent sans lui ; sauvé par ses talents de maçon et de charpentier, construit des latrines, offre de beaux jouets de bois aux enfants du commandant, accède au statut de travailleur en rééducation, sort au bout de deux ans, retourne dans sa ferme, obtient à l'ouverture du Musée la concession d'une échoppe, boutique-buvette qui vend des brimborions, assidu au gré des commémorations de la Libération, rubans, médailles, flamme du souvenir, drapeaux à mi-hampe, excellente santé, enterre tous ses compagnons, finit par incarner le passé douloureux et l'honneur du peuple polonais, esprit de résistance, martyre de la nation. Le Musée attire un nombre de touristes grandissant, extension de la buvette, création d'un rayon souvenirs, mini-pizzas, sandwiches, sodas américains.

En 1980 le Musée est inscrit au patrimoine de l'humanité en vertu du critère numéro 6 de la convention de l'Unesco : être directement ou matériellement associé à des événements ou des traditions vivantes, des idées ou des croyances, des œuvres artistiques et littéraires d'une valeur universelle exceptionnelle. Le grand-père ricane, mais les affaires vont. Son fils resté veuf a repris le flambeau. On répare les toits, les clôtures, on étaie les ruines et les cheminées. Un horticulteur est engagé pour veiller à ce que l'aspect naturel du site ne soit pas modifié. Des experts internationaux rédigent des rapports sur les imperceptibles glissements de terrain qui affectent les baraquements, causés par l'effondrement d'anciennes galeries de mine, sur l'opportunité de restaurer les monceaux de chaussures et de valises, les cheveux entassés que l'oxygène de l'air et la chaleur des projecteurs imperceptiblement corrodent, sur les archives effritées dont il faudrait fournir des fac-similés, sur les poutres putréfiées et les infiltrations qui menacent la couverture des toits. Le grand-père mâchonne des rancœurs près de la cuisinière à bois, et son urine pourrit les coussins de son fauteuil. La sœur pense que les fours électriques peuvent donner le cancer. Le père trouve à la fin que les touristes se comportent un peu trop comme s'ils étaient chez eux. Il en vient de partout, mais surtout d'Israël et des États-

Unis. De temps en temps le grand-père se lève et plonge sa main dans les braises du fourneau, puis il se rassoit et regarde sa main brûler, tandis que de grosses gouttes de graisse tachent son pantalon, puis ses os craquent et tombent. La main repousse dans la nuit.

Nitzky habite ici. Il vient d'avoir quinze ans, au milieu de ces fous et de ces malheureux. Il s'est persuadé qu'il s'agit d'une erreur, que ce père mutique et brutal ne peut être son père, que sa mère, morte un an après sa naissance, ne peut être sa mère, bigote aussi bornée, croit-il comprendre, que sa fille. Il est donc, indubitablement, un enfant trouvé. Il voyage en famille. Pendant un bref arrêt, en rase campagne et en pleine nuit, il descend, par curiosité, du wagon de première où ses riches parents allemands dorment. Il ne sait pas encore marcher mais il sort quand même. Ils le cherchent pendant le reste de leur vie et ne s'en remettront jamais. Ils n'auront pas d'autre enfant. La mère mourra de chagrin, le père vendra toutes ses usines et se retirera dans son château de Bavière. L'enfant, affamé et grelottant, a été recueilli par cet homme qui voulait un garçon et lui tient lieu de père. Il porte désormais un nom de ce pays d'éternels perdants : Nitzky. Il refuse d'employer le prénom que sa nouvelle mère a choisi pour lui.

Il ressort malgré le froid. Il a maintenant deux heures devant lui, avant le dîner. Souvent il s'en retourne dans le Musée arpenter les allées solitaires, entre les bâtiments impeccablement entretenus. Il préfère le faire en été, cependant : des lapins aux yeux gonflés et purulents errent sur l'herbe rase, et meurent par dizaines; il inhume chacun de leurs cadavres, en les numérotant, note sur un plan touristique du Musée l'emplacement infime de ces tombes perdues. Des oisillons hideux éperdument divaguent sur le sol bosselé par le gel. Parfois un garçon potelé, au sortir de l'enfance, apparaît au détour d'une allée. Il le prend par la main et ils marchent longtemps entre les baraquements. Il se met à parler une langue inconnue, puis il disparaît, sans un bruit. Parfois c'est tout un peuple d'enfants silencieux qui le suit, puis tombe brusquement en poussière, le vent le disperse en un instant. Devant la salle des douches, une hulotte défend son nid-terrier : elle étend largement ses ailes dérisoires, lance dans le ciel vide des cris fort menaçants, et finit par s'envoler derrière les latrines, abandonnant, la mort dans l'âme, ses petits. Nitzky s'éloigne en hâte pour ne pas ajouter à sa détresse. Ici et là, il ramasse les piécettes perdues par les touristes. Tout à l'heure il les cachera à celui qui se dit son père. Entre deux baraques six fantômes squelettiques en haillons surgissent, l'entourent, se pressent contre lui. Ils murmurent sans fin des prières. Ils ne se plaignent pas du passé, de leurs détresses inouïes : ils veulent seulement jouir pour quelques instants de la vie de ce jeune Nitzky, de sa vue impeccable, de son souffle régulier. Ils rêvent de sentir le froid sur leur peau, sous leurs pieds, les inégalités du sol gelé. Nitzky ne dit rien, ne les fuit pas, et bientôt, épuisés par leurs vains efforts, ils retournent à la nuit des baraques.

Une seule fois, il a parlé de tout cela à la sœur. Une erreur. Il faut bien apprendre. Ne jamais parler. Jamais. Même pas à soi-même. Atteindre l'asile d'une vie de silence, sans secrets. La sœur répète tout au curé. On le mène un matin dans la sacristie blême. Le prêtre l'interroge, pontifie, absout. Puis à la ville proche. Il doit répondre aux questions d'un psychologue, rester très calme en apparence, expliquer d'abord d'un air détaché qu'il a seulement voulu effrayer la sœur, ne pas dire la sœur, mais ma sœur, pour une fois, puis feindre des aveux, parler de la mère morte, dire maman, pleurer si possible, les yeux baissés. L'alerte a été chaude. On le renvoie, chargé de pieux conseils, espérance et oubli, catéchisme, marche au grand air, devoir de mémoire à doses raisonnables, rien d'excessif, sports collectifs. Nitzky retourne bientôt arpenter le Musée jusqu'à la chute du jour, le préférant toujours à la cuisine sale, à la grange béante, élisant pour toujours la compagnie des morts, comme moi il se penche sur l'incompréhensible énigme de la vie historique, rêvant que sa naissance un jour cesse de lui peser, ce hasard entre deux draps trop blancs, quelques gouttes de foutre, un ovule assiégé, une vie, toute une vie, rien qu'une vie, tout le reste n'est rien.

vacance

C'est bien elle, Audrey Hepburn, la plus légère des princesses d'opérette s'avance, la plus princière des actrices, aussi, aérienne en dépit de tout, même si là-bas, en Hollande, elle a jadis connu la faim, la peur, la guerre, dansant dans un spectacle dont les bénéfices étaient secrètement reversés à la Résistance, transportant des messages en tremblant dans les rues d'Arnhem. Aujourd'hui rien ne paraît pouvoir peser sur elle, ou plus exactement elle semble avoir trouvé le secret de tout porter sans effort apparent, le secret de se faire soi-même infiniment léger. À petits pas glissés de danseuse, Audrey Hepburn trompe ainsi, tranquillement, la gravitation universelle. La police municipale forme maintenant, à tout hasard, un cordon de sécurité, car la foule menace de s'écraser sur les marches de l'escalier de la Trinité-des-Monts. Des pèlerins se sont jetés à genoux, un orage de flashes envahit la place d'Espagne, dans la bousculade un enfant tombe dans le bassin inférieur de la fontaine de la Barcaccia, mais on l'en retire sans dommages, et sa mère l'emporte vers leur hôtel pour le frictionner, en murmurant des mots de réconfort.

Audrey Hepburn sourit, flottante, libre, le col de son chemisier blanc est ouvert et relevé, ses manches sont retroussées, elle a jeté ses chaussures à talons, les a troquées contre des souliers plats achetés au hasard à l'étal d'une marchande. Leur laçage délicat souligne mieux qu'un bas la finesse de son mollet. Audrey Hepburn s'avance, allégée de ses longs cheveux et de sa charge princière, débarrassée de la pesante coiffure de l'industrie hollywoodienne, ses cheveux courts s'ébouriffent à mesure que la brillantine italienne fond sous le soleil romain, Audrey Hepburn est un serin des Canaries, danse plus qu'elle ne marche, exactement comme Jean Seberg, autre mélancolie, autre légèreté, qui vendra pour toujours l'*International Herald Tribune*, sur les Champs-Élysées, solitaire et chantante. Le monde est une orange mûre tiédie par le soleil, le monde est cette grâce de jeune fille qui marche vers un glacier, prend son cornet des mains d'un petit vendeur, moustachu et obligeant, pendant que derrière elle un curé prévoit de commander sa glace au chocolat. Puis, un fleuriste lui tend un bouquet, elle pense qu'il s'agit d'un cadeau, mais non; comme elle n'a pas d'argent, de guerre économique lasse le marchand lui offre tout de même un œillet. La foule se met à rire, certains applaudissent, d'autres pleurent, attendris, elle est tellement heureuse et libre. Tout à l'heure, elle a admiré sa nouvelle coupe dans la vitrine d'un magasin, elle s'est souri, dans cette matinée parfumée de glycines et de roses, éternelle comme l'été.

Tout le monde a oublié la princesse d'opérette qu'elle joue pour Hollywood, et dont personne jamais n'a retenu le nom, parce que c'est toujours ainsi, Audrey Hepburn traverse toujours tout comme Alice son miroir, les rôles, les films, miraculeusement accordée à la beauté de mes rues, marchant au hasard comme il faut marcher ici, se laissant distraire par les gants des vitrines, par les étals des maraîchers, par les échappées d'ombres et de ciels que l'on croise, comme de belles passantes, à l'angle d'une rue. Puis elle va s'asseoir sur l'escalier de la Trinité-des-Monts, sa glace dans une main et son œillet dans l'autre. La foule s'écarte et fait cercle autour d'elle, les agents de police offrent courageusement le rempart de leur corps, mais ils sont bien près de céder à la foule puissante.

Et je voudrais que tout s'arrête là, rien à faire, rien à dire, je voudrais que tout disparaisse avec elle et comme elle, innocente et légère, glissant sur sa Vespa vers le Colisée, qu'elle parte loin d'ici, avec Gregory Peck, je voudrais qu'ils s'échappent dans les plus infimes interstices du temps, loin de tout spectacle, qu'on en finisse, que jamais elle n'ait plus à se plier à l'étiquette pesante de son royaume de pacotille, mais ça ne finit pas comme ça.

Justement la foule a espéré un instant que Gregory Peck allait, à son tour, faire son apparition, mais il n'en a rien été. Un soupir de déception se propage, tout se brouille, il n'y a plus ni glacier ni fleuriste. Alors Audrey Hepburn, qui a fini de grignoter son cornet gaufré, relève la tête : une mer de visages inconnus la scrute. Elle pâlit et prend peur, l'air se met à tourner sous la splendeur du ciel, autour d'elle le tremblement des temps forme une brume indéfinissable, comme la chaleur rayonnante qui monte parfois du bitume amolli, sur le Corso Vittorio-Emanuele II ; dans la fontaine de la Barcaccia le navire de Bernin continue son naufrage immobile, trois siècles d'eaux murmurantes. Les touristes filment la dissolution d'Audrey Hepburn, dans cette étrange percolation du temps qui m'atteint maintenant, et qui n'est plus la seule, car au même moment, à l'autre bout de la ville, des troupes américaines pénètrent dans Rome, abandonnée par les Allemands. Apercevant le Colisée, un général inculte s'écrie que les bombardiers américains ont fait du bon travail, son interprète, un Italien, n'ose pas le démentir, les soldats applaudissent, déterrent un panneau indicateur, le juchent sur leur tank. Déjà quelques groupes lassés quittent la place d'Espagne, en suivant le chiffon de couleur que brandissent leurs guides, au bout d'un parapluie. Une poignée de touristes échappent au cordon des policiers et se précipitent vers la princesse évanescente. Le plus rapide est un lycéen estonien prénommé Jaan. Il tombe malencontreusement dans le tourbillon du temps qui l'avale. Sans un cri il s'étale rudement sur une plaine gelée, à la fin du pléistocène inférieur, l'arête déchiquetée d'une congère gelée lui fracasse le crâne. Un mammouth déchiré de toux rauques, qui perd à larges touffes son poil roux et sale, l'effleure de sa trompe, et s'en va à pas lourds vers sa fin très prochaine, et l'on trouve, en creusant au hasard les flancs du Capitole pour y faire un parking, la tête de l'animal, parfaitement fossilisée, dont les yeux restent clos, pour toujours, sur les merveilles qu'ils ont vues. Dans les oreilles mortes du pauvre Jaan de vieux standards de death metal résonnent jusqu'à ce que le froid enraye son i-pod, le gaine pour l'éternité d'une couche de givre, froide et splendide comme un acier poli. De retour à Tallinn, les camarades de classe du jeune mort baptisent de son nom la salle d'informatique de leur lycée et, à cette occasion, récitent en pleurant les poèmes affreux et sincères qu'ils ont écrits la veille, sur le conseil d'un psychologue. C'est tout.

Les choses normales reprennent ensuite leur cours : de nombreux badauds s'engouffrent maintenant, à deux pas des escaliers, dans un monument de la fin du siècle dernier, dont la façade offre au visiteur des lignes d'une sobriété presque classique. On pénètre d'abord dans une sorte de pronaos abritant un comptoir où l'on débite sorbets, glaces et cafés ; puis on accède, par un escalier de marbre bien ciré, à la nef principale, d'un style florentin quasi monastique ; remarquer, à droite, la plaque commémorative de la fondation de cet établissement, le premier en son genre dans toute l'Italie : « Il primo Ristorante Mac Donald's apre il 20 marzo 1986 / A Roma Mac Donald's System of Europe. » Dans la nef, grande salle sans fenêtres où s'alignent les comptoirs de commande, où flotte une odeur indéfinissable de graillon sucré ; au-dessus des comptoirs, fresques lumineuses affichant un triptyque de menus complets, de la main de divers artistes anonymes de l'école hyperréaliste, sertis dans des caissons lumineux cibachrome, à bordure d'aluminium anodisé. L'ensemble des tables et des chaises en plastique, de la fin du XXe siècle, offre peu d'intérêt ; des enfants trop gras, des adultes adipeux débordent de leurs shorts et de leurs maillots siglés (Chine, Ateliers du Jiangsu), poussent de leurs doigts, entre leurs lèvres molles, de petits fagots de frites, sucent leurs pailles, dans de grands bruits de rots, avant de se traîner, en claquant leurs sandales, jusqu'aux toilettes de l'établissement, mosaïque abstraite du style Optic Art tardif, posent lentement sur des lunettes blanches leurs fessiers opulents, dévidant par avance de grands rubans de papier qu'ils arrangent en savants bouchons, se penchent en avant, souffle court, ventre turgescent, tentant fébrilement d'atteindre, par-delà leur sexe, entre leurs cuisses marbrées de cellulite et de varices, la raie qu'il leur faudrait torcher, y parvenant à peine, se redressant, rougissant et soufflant, confits dans leur graisse tremblotante, sourdement écœurés de constater que l'odeur qui monte de la cuvette de faïence (Usine Porcher, marque du groupe Ideal Standard International) est la même, exactement, que celle exhalée par leur plateau-repas, légèrement confus à l'idée de devoir laisser sur le pourtour de leur anus, comme au cul d'une vache, une étoile de merde qui leur irritera peut-être la peau, quand ils visiteront le Forum, tout à l'heure, sous un soleil de plomb.

orients

Delenda Kartago marche enfin seul, via dei Cerchi. Il vient de quitter le café Alvaro Al Circo Massimo, où l'attendait un rendez-vous. Comme toujours lorsqu'il emprunte cette rue, au pied du Palatin, il lui semble que les arches dépouillées du Palais des Césars sont des yeux qui le scrutent. En remontant sur le podium des jeux, il signe des autographes sur des boîtiers de Rom@ à quelques fanatiques qui n'ont pas cinq ans de moins que lui. Il coupe court à toutes les tentatives de conversation des plus obstinés d'entre eux, avides d'astuces de *gamer*, d'échanges de confidences moites. Il déteste ces débiles débraillés qui prennent Rom@ pour un simple jeu. Il est le plus illustre champion de l'équipe italienne, le meilleur compétiteur au monde, et son dernier espoir de n'être pas, tout à fait, seul au monde vient de s'évanouir : le dénommé Nano l'a déçu plus qu'il ne saurait le dire.

Depuis qu'il est célèbre, et plus encore depuis qu'il est question que les jeux se déroulent à Rome, des inquiétudes le rongent : il a menti en disant partout que sa famille était romaine depuis sept générations. Elle ne l'est que depuis quatre. Un journaliste de la presse spécialisée va peut-être découvrir son secret, et de fil en aiguille dévoiler l'histoire de sa famille, qui le remplit de honte, sans qu'il sache trop pourquoi. Il n'a jamais raconté ce qu'il en était, comme si ce silence-là pouvait tout effacer. C'est tout le contraire qui s'est produit : ce passé n'a cessé de croître en lui. Il n'y a guère que durant ses séjours dans Rom@ qu'il a pu l'oublier, pendant de longues heures.

Au début du XXe siècle son arrière-grand-père, Salvatore, quitte Venise pour ouvrir au cœur de Rome un petit atelier de joaillerie, via del Babuino. Il n'a jamais voulu dire pourquoi il a quitté le confort de la boutique familiale, là-bas, la clientèle solide des riches patriciens de la lagune, des millionnaires américains de passage, la voie toute tracée de la succession paternelle, bagues de fiançailles, chevalières monogrammées, médaillons de baptême. Cet artisan habile et orgueilleux s'endette d'abord, mais il finit par prospérer en anticipant de peu la vogue renouvelée des colliers de perles sauvages. Pendant quinze ans, il se fournit dans le golfe Persique ; là-bas des hommes à peu près nus plongent dans des eaux bleues où leur vie s'écourte en saignements brutaux, brûlent leurs poumons pour arracher au fond les si précieuses perles ; puis des marchands iraniens les font rouler entre leurs doigts manucurés, sous de puissantes lampes, avant de compter leurs billets sales. Des courtiers acheminent la récolte vers l'Europe, dans de lourdes ceintures qu'ils glissent en secret sous leurs chemises blanches, et serrent dans leurs poches de petits revolvers. Tous ignorent encore qu'à l'autre bout du monde se prépare leur ruine. La girouette du commerce mondialisé va subitement tourner, comme elle tourne toujours : au vent des plus étranges hasards. En Australie, les dénommés Tatsuhei Mise et Tochiki Nishikawa rencontrent le biologiste britannique William Saville-Kent, qui leur communique une technique qu'il vient de mettre au point afin de maîtriser l'opération, délicate entre toutes, de la greffe perlière : il convient d'inciser méticuleusement le tissu opalescent de la chair de l'huître, d'y introduire à l'aide de pincettes une bille minuscule, régulière, taillée dans le calcaire d'une valve, puis lissée au tour, de la recouvrir d'un greffon prélevé sur le manteau d'une huître donneuse de la même espèce. Alors le miracle se produit. L'animal irrité se défend comme il peut, sécrète une nacre irisée pour en finir avec cette douleur inédite, incompréhensible, et retourner à la quiétude imbécile et permanente du filtrage de l'eau; travaillant ainsi sourdement, aveugle, ignorante, à sa perte précoce, ainsi qu'à la fortune des entrepreneurs qui trouveront en eux l'audace d'exploiter cette surprenante invention : la perle artificielle. De retour au Japon, Nishikawa épouse la fille de Kokichi Mikimoto, qui cherche depuis des années le secret de la perliculture. Ensemble, ils brevettent la technique de l'Anglais. Aussitôt des ouvriers patients la répètent des milliers de fois, penchés sur leur établi, d'abord seulement dans la ferme du Japonais, ensuite dans le monde entier. En quelques années le commerce des perles naturelles est quasiment anéanti car, non content de produire ainsi davantage, Mikimoto, bientôt imité par d'autres producteurs avisés, se révèle assez sage ou assez habile pour détruire systématiquement les spécimens les plus petits de sa production, ainsi que tous ceux qui présentent quelque irrégularité d'irisation, de telle sorte que la perle de culture n'ait désormais plus guère à envier à sa rivale naturelle.

Dans les premiers temps Salvatore s'était obstiné à ne pas comprendre, il a refusé d'abandonner ses fournisseurs habituels, ou de modifier en quoi que ce soit sa stratégie commerciale. Il s'est cramponné à cette Nature qui a fait sa fortune et celle de ses aïeux et qui décline désormais lentement, invinciblement, ne survivant guère que pour satisfaire aux caprices d'une élite microscopique, partout dans le monde, de même que peu à peu d'autres produits artificiels, d'innombrables produits de synthèse, pendant toute la durée du siècle qui commence, vont à peu près supplanter leurs prédécesseurs naturels, les plastiques prenant la place du caoutchouc, les édulcorants celle des sucres, l'indigotine chassant l'indigo, l'alizarine la garance, enrichissant certains hommes, en ruinant d'autres. Salvatore s'entête à trouver les nouvelles perles ternes et vulgaires, comptant bien que sa clientèle bourgeoise ne se laissera pas prendre à un piège aussi grossier, au simple bénéfice de l'économie — car les bijoux de Salvatore sont désormais trois fois plus chers que ceux de ses concurrents directs, lesquels, un par un, se rangent à l'ordre nouveau, et il se brouille sans retour avec eux —, mais il se trompe. Salvatore s'est marié juste avant cette crise, son épouse romaine est morte en couches : un fils lui reste, qu'il a prénommé Marco, escomptant que ce prénom vénitien portera chance à l'enfant. En 1924 il est ruiné. La perle poursuit son inexorable démocratisation, autant qu'il est possible à un tel produit de le faire sans perdre trop de sa valeur. En 1925, l'artisan et son fils sont contraints de quitter leur bel appartement de Parioli, et de le vendre. Salvatore s'enlise toujours davantage. Il s'est lancé dans les gourmettes de baptême, mais sans grand succès. Ils vivent désormais dans la boutique, sortent de la remise, chaque soir, deux matelas de coton. Puis la boutique doit être vendue, elle aussi. Ils dorment deux années sous des porches d'église, dans des jardins publics ; à six ans Marco mendie tout le jour, vole à l'étalage. Son père se résout enfin à s'employer chez un patron, dans une usine morne derrière l'Aventin où, pendant cinq ans, sans relâche, il tourne des balustres et des barreaux de chaise, qu'on lui paye à la pièce. Alors, il fait vœu d'assurer à son fils un sort différent du sien.

Un dimanche ils s'en vont tous deux clôturer illégalement, comme tant d'autres pauvres venus du Latium, des Marches ou des Abruzzes, un terrain du côté du cimetière Verano, en contrebas de la via Tiburtina. Ils y dorment chaque soir, sous une tente de fortune. Le dimanche ils creusent des fondations, moulent des briques et des tuiles qu'ils sèchent au soleil, acheminent des sacs de ciment et des outils, volés sur des chantiers. En six ans ils terminent leur baraque. Cependant Salvatore a fondu lentement dans sa veste de cuir. Il marmonne des mots sans suite en rentrant de l'usine, les enfants sur son passage se moquent, lui jettent parfois des pierres et s'enfuient en criant. Le dimanche, il se promène seul : via del Babuino, un jeune Piémontais a repris la boutique, vend du toc à la mode : serre-têtes de velours ornés de faux brillants, gourmettes dorées, bagues de fiançailles clinquantes et mal serties. Quand Marco trouve à son tour, enfin, un travail régulier comme veilleur de nuit, quand il se marie à dix-neuf ans, avec la dispense de son père, le vieillard se jette sous le tramway qui longe la gare de Termini. Marco promènera souvent jusqu'à la bijouterie, devenue un magasin d'antiques, sa femme et son jeune fils. Et pendant des années, chaque dimanche après-midi, ils trouvent dans la vitrine deux masques japonais parfaitement hors de prix, qui parfois semblent les narguer, parfois, au contraire, les prendre en pitié.

Un jour un engin jaune énorme rase en quelques minutes la baraque de la via Tiburtina, et toutes ses voisines. On propose aux occupants des relogements. À vingt-cinq ans Marco et son épouse sont parmi les premiers à s'installer au troisième étage du Palazzo Kilometrico, dont on vient d'achever la construction dans le quartier de Corviale. C'est une unité d'habitation, comme disent fièrement alors les architectes à la mode, de mille mètres de long. Les Romains, eux, ne l'appellent que le Serpentone : au sud-ouest de Rome, une barre atroce, mille deux cents clapiers sonores, des dizaines de kilomètres de coursives aveugles, des couloirs sans fin, et c'est là, en 1983, que naît Delenda, de l'union du fils unique de Marco avec l'une des caissières de l'Upim de la via Nazionale ; et c'est là, en ancien petit gros à qui l'on a fait faire du sport, qu'il se met à jouer, inlassablement, au héros romain, armé d'un glaive en bois, se battant sans relâche contre des gosses de son âge, roumains ou marocains, aussi pauvres que lui. Naturellement il ne se prénomme pas Delenda, mais Salvatore, comme son arrière-grand-père.

ville ouverte

Désormais chaque quartier de Rome a son lot de fantômes. Du côté de Prenestina, des camions allemands sont rangés au cordeau, le long des hauts immeubles, et la rafle commence. Les touristes sont massés derrière des barrières. Quelques nostalgiques d'une époque qu'ils n'ont pas pu connaître photographient les corps athlétiques des soudards nazis, aussi puissants et aussi sains que ceux des Américains qui les remplaceront bientôt sur les cimes illusoires de l'histoire. Des militants de gauche déploient des banderoles de protestation. Des Italiens astucieux tiennent là des étals. Certains vendent des photographies noir et blanc de films néoréalistes, d'autres proposent des bouteilles d'eau minérale bien fraîche, des biscuits, des barquettes de fraises. On attend comme tous les jours Anna Magnani. Elle paraît enfin.

Un conseiller municipal a fait circuler dans le quartier une pétition : certes, la présence de la grande actrice italienne qui va courir tout à l'heure derrière le camion nazi, aveugle à tout, en hurlant « Francesco ! », a d'abord été accueillie avec émotion et respect ; mais les riverains se sont justement inquiétés de la déplorable réputation que cette victime, abattue par un soldat étranger sous l'œil indifférent de quelques carabiniers, en présence de son fils trépignant de douleur, peut faire à un quartier par ailleurs honorable, raviver une histoire dépassée, heurter la susceptibilité du touriste allemand. La Ligue lombarde a protesté, de son côté, contre la vision tendancieuse de l'armée italienne véhiculée par cette scène tapageuse, mais les touristes sont toujours là, et voici qu'Anna frappe violemment la main du SS qui veut lui caresser le bras, aperçoit Francesco qu'emmènent deux soldats casqués, se débat, gifle le SS, bondit de la cour de l'immeuble dans la rue, se dérobe encore à deux autres soldats, se dégage des bras d'un prêtre qui veut la retenir, et la voilà enfin, sous la lumière trop blanche de la ville, qui court comme une folle derrière le camion des condamnés, dans cette rue surexposée où deux coups de feu l'arrêtent pour toujours. De nombreux touristes ont poussé des cris d'effroi, tandis qu'au même instant, devant la fontaine de Trevi, la foule a fait céder le cordon des policiers, s'est précipitée dans les bassins, hommes et femmes mêlés, pour toucher une fois dans leur vie les cheveux d'or d'Anita Ekberg, pour admirer de près ses yeux fermés de volupté par la caresse de l'eau, au-dessous des sabots immobiles des chevaux de marbre. Des mains avides empoignent cette sirène, s'agrippent à sa robe, s'acharnent, griffent sa peau si blanche et la déchirent, jusqu'à ce qu'il ne reste rien d'autre, au fond du bassin d'eau rougie, que les pièces votives des touristes ainsi que des lambeaux de chair. Alors, dans le vertige sans fin de ma béance je me prends à haïr les badauds de l'histoire, quand bien même je sais qu'ils ignorent ce qu'ils font, à haïr mes gargotes minables, mes vendeurs de marrons, de jouets dérisoires, de nouveau il me prend cette envie de m'enfuir loin d'ici, sans le moindre bagage, anonyme et léger, de m'en aller t'aimer aux confins d'autres mondes. Mais je sais, pour avoir observé mes statues, que l'honneur de trôner sur un beau piédestal me condamne sans retour à la mort immobile, et je reste cloué à mes vieilles collines.

Maintenant voici Goethe en culotte de soie arpentant le Corso. Le cortège chaotique d'un ancien carnaval a surgi avec lui des brumes du passé, effaçant les voitures, les vitrines. Le poète effaré et joyeux se répète à mi-voix, comme un secret d'enfant ou de tribu sauvage, qu'il n'a jamais été aussi heureux qu'ici, au milieu des masques, des lampions, des batailles de farine, rendu à la tranquillité du plus parfait incognito, libre enfin des admirations vides et des honneurs pesants des duchés germaniques, emporté par la fête que le peuple enivré se donne à lui-même. Ayant oublié, à quarante ans passés, que jadis il a proclamé vouloir raser tout ce qui dans la ville n'était pas de l'antique, comprenant enfin que Rome n'était pas moins dans ces danses de rue, dans ces chahuts sans fin, dans ces baisers volés aux porches des palais, que les pierres si sages du Forum latin ne lui paraissaient telles que d'avoir perdu la force de danser, acceptant de se perdre là, et de sourire pour rien, en soufflant la bougie d'une femme en chemise; projeté pour finir, par quelque turbulence, au cœur de l'été d'un siècle plus récent, retournant machinalement au numéro 18 de l'avenue du Corso, y trouvant sa maison sans portier, sans domestique, transformée en musée, regardant, stupéfait, dans les vitrines blanches, des dessins de sa main qu'il avait oubliés, ses objets familiers, ses carnets, son encrier, ses plumes; regagnant la rue, désertée dans la nuit étouffante, m'aimant enfin sans raisons ni conditions, comme on doit m'aimer, alors que tant m'ont fui, les Italiens en tête, les touristes, car le vent de la mer ne souffle guère ici, sinon sur les hauteurs du Pincio, chérissant la fournaise de mes pierres rayonnantes, consolant ma solitude comme ces vieux Romains restés dormir là à réchauffer leurs os, et comme ces fous tranquilles écrivant des poèmes en rêvant de fraîcheur derrière leurs volets clos, et de rares amants tout baignés de sueur, emmêlés de bonheur dans leurs draps chiffonnés, attendant l'accalmie de l'aurore pour se glisser dehors, enlacés, au long des rues étroites aux pavés assoupis, des avenues lunaires du Risorgimento, osant des gestes tendres qui font pâlir le ciel, chavirer mes collines muettes de plaisir, seins frôlés, pantalons de lin caressés, petites robes fleuries, sandales délicates, Goethe seul enfin comme moi, qui défait sa cravate, qui jure de ne jamais retourner à Weimar, et qui veut, le restant de sa vie, gravir à pas lents, aux soirs d'août, les pentes alanguies de mon vieux Palatin, pour goûter le plaisir délicat des ruines désertées, des voûtes éventrées, des colonnes orphelines. Il se parjurera sans doute, comme tant d'autres avant lui, mais il m'aura aimé.

Et maintenant de tous les coins du temps d'autres fantômes s'avancent vers moi. Beaucoup me préfèrent au printemps, et je peux les comprendre : mes ciels d'outremer ont chassé les nuages, un air vif et tendre se souvient de l'hiver, et l'on dîne en terrasse, dans le rêche crissement des serviettes blanches que l'on froisse à ses lèvres ; les bouteilles bleutées des eaux frisantes et fraîches tintent. On goûte au sel fruité des olives charnues, dans la débâcle lente d'apéritifs amers. D'autres préfèrent les pluies interminables de mes automnes, quand j'oublie mes contours, que les passants trempés par de brusques averses achètent dans la rue à des Pakistanais de petits parapluies, et courent vers leur hôtel en évitant les flaques, que les amoureux las ouvrent grand leurs fenêtres et, drapés dans leurs serviettes, écoutent longuement la complainte du ciel, puis retournent au lit pour rouler de plaisir. Ou encore : vers la fin de l'été, des orages attiédis tombent du ciel comme un désespoir soudain. Ils sont le signe que j'attendais sans le savoir, mon amour, et je rêve qu'ils m'emportent avec toi, loin d'ici, et nous irons former au large de ma côte une ville engloutie à chevelure d'algues, inconnue des touristes et des archéologues, peuplée seulement de baudroies, de roussettes et de congres, de rascasses, de bancs étincelants de bonites rayées ; mais la gueule gâteuse du Grand Égout bave ses salives sombres dans les eaux jaunes du fleuve, fanges de temps mêlés charriées par le Tibre qui filent vers la mer pour se faire oublier, sables d'espaces détruits, incapables de se déposer dans le creux des rochers, depuis que les abruptes maçonneries des rives empêchent les colères du fleuve d'envahir mon centre, rêvant obscurément aux bas-fonds de la mer. Voici que tu es là, mon amour, et l'éclaircie du soir couvre le Janicule comme une feuille d'or, les volées d'étourneaux battent en mes ciels couchants, comme des cœurs, l'air se change en un cristal pur, des gloires de nuages dansent à l'horizon, l'incendie de Saint-Pierre a réduit au silence les passants qui traînent encore un peu aux terrasses du Pincio, et qui comprennent enfin ce que c'est qu'une ville. Et encore : l'hiver surgit et ses hommes chenus, tortueux comme mes ruelles, hantés, las de leurs propres ruines et de leurs cimetières. Ils auront si longtemps cherché à m'éviter comme leur fin prochaine. Je les reconnais sans peine, comme mes frères. Je les plains. Je voudrais me pencher tendrement sur eux et leur dire : retournez d'où vous venez. Mais leur mélancolie courbe toujours plus bas leur tête et, ignorant la leçon silencieuse et terrible de mes ciels de neige, ils marchent vers leur mort.

envahisseurs

Et le ciel de nouveau est glacé, comme une grange en ruine qu'un vagabond transi élit pour domicile en se creusant un nid dans la paille humide et moisie. Une ferme sinistre, dartre blême sur la peau des années 80 de l'Europe, comme un furoncle sale ou comme un mauvais rêve. Bientôt dans ce pays la laide veulerie héritée des temps du communisme s'alliera à la lèpre criarde des affiches marchandes s'étalant sans vergogne, et les héros de la productivité, fièrement campés devant leurs machines, pâliront, délavés par les pluies. Sur le chemin qui mène de la ferme à la route du Musée, le sol boueux a été effacé par la neige. Quelques flaques d'eau forment des taches plus sombres, des ciels fuligineux glissent sur l'horizon bas. D'abord Nitzky n'ose pas fouler cette splendeur immaculée ; puis les nuages filent vers le sud, le ciel éclate de lumière comme une perfection de mer sur les rochers d'une île où je t'aurais menée si j'en avais le temps, mon amour, une dalle de roche léchée par la marée, où je t'enlacerais. Il s'engage maintenant sur la route. Derrière les miradors, la neige a gommé la laideur infinie des grands criminels pâles. Un homme s'avance à sa rencontre, vêtu d'un costume gris à chevrons de velours et d'un pardessus beige ouvert à tous les vents. L'homme est mince, ses cheveux sont rares. Il semble indifférent au froid. Ils se saluent, échangent des banalités. L'homme s'exprime dans un polonais étrange, comme fossilisé. Il n'a jamais vécu ici. Ses parents, oui. Il pose des questions sur la région. Nitzky lui répond de son mieux. J'habite maintenant New York, dit l'homme. Il pose une main amicale sur l'épaule de l'adolescent. Puis ils marchent côte à côte, s'éloignant du Musée qui forme à leur droite, sur l'horizon plat, une ligne blafarde, que la nuit, tout à l'heure, saura bien dévorer.

Le jour est vite descendu. D'autres nuages s'avancent lentement, en plis de nappes sombres. L'homme au costume gris lui propose d'aller se réchauffer dans sa chambre, à l'hôtel, et Nitzky accepte. L'homme prétend lui montrer quelque chose de nouveau et qui l'intéressera peut-être. Ils parviennent sur l'esplanade, maintenant désertée, qui sert aux autocars, durant le jour, d'aire de stationnement. Nitzky guide l'homme vers la porte de service, car le patron du lieu connaît trop bien son père, qui n'aime pas le voir traîner avec les étrangers. Dans la chambre de l'homme flotte une odeur de mousse à raser, et la chaleur diffuse son parfum, des effluves de verveine et de musc. Il paraît frêle, sans son pardessus et sa veste grise. Il a tiré le poste de télévision au bord de la commode ancienne, pour qu'il se trouve bien en face de son lit double. Il a branché derrière une prise reliée au boîtier noir qui se trouve posé sur le couvre-lit beige, dans un fouillis de fils noirs. Il fait asseoir l'enfant tout près de lui, pour lui montrer. Il saisit l'une des deux manettes, allume la console et le poste, se met à jouer : sur l'écran poussiéreux de la télévision se profile un curieux paysage de galaxie lointaine, schématiquement figuré. Tout au bas de l'écran une rangée de maisons verdâtres, elles aussi stylisées. Au-dessous de cette ligne, une sorte de canon rudimentaire, qu'il fait aller de gauche à droite et de droite à gauche, en s'abritant parfois derrière les bicoques. En pressant un large bouton rouge, il tire fébrilement sur une escadrille de créatures menaçantes, grises et grimaçantes, et ces sortes de gros insectes le bombardent sans répit, parfois se détachent des rangs de leur armée pour descendre en sifflant vers leur cible fragile, pendant que le canon leur répond en couinant.

Ensuite il laisse jouer Nitzky. En un instant l'adolescent est dans son élément, comme si, dans un autre monde ou dans une autre vie, il avait été le servant attitré de cette pièce d'artillerie. Il ne lui faut que quelques parties pour se familiariser avec la manette, avec le bouton de tir, avec les trajectoires d'assaut sinueuses et de plus en plus rapides des petits monstres électroniques, avec leurs salves aléatoires à première vue, mais dont il mesure vite les récurrences ; quelques autres parties lui suffisent pour battre tous les records que l'homme, qui l'encourage et le félicite, a mémorisés, sur le fronton d'accueil du jeu. La simplicité tactique et graphique du programme, ses sons tellement déconcertants, les projectiles lumineux descendant des cieux noirs, la lente décomposition des petites bâtisses, les courses affolantes des insectes métallisés vers la fin d'une partie, la possibilité deux fois prodiguée de renaître de ses cendres, quand les envahisseurs de l'espace sont parvenus enfin à détruire le canon, tout l'enchante, et jusqu'à l'inéluctabilité de la défaite finale.

Ensuite, Nitzky se souvient de ce monde qu'on dit réel. Il consulte avec effarement la montre de l'homme, se lève en hâte, sort précipitamment. Dehors il fait nuit noire depuis longtemps. L'homme a offert de le raccompagner. Il a également insisté pour lui offrir la console Atari 2600, ainsi que la cassette de *Space Invaders*, mais Nitzky a dû tout refuser. Il sait que là-bas il lui faudrait justifier de la possession d'un objet aussi extraordinaire, expliquer la rencontre et la chambre d'hôtel, essuyer des reproches et sans doute des gifles, se voir confisquer le jeu. Il rentre en courant dans l'obscurité, tombe deux fois dans la neige. Dans la salle à manger familiale, le poste de télévision rediffuse, pour la centième fois, un vieux film français bête et laid, mais qui le faisait rire quand il avait sept ans. Jean Marais joue toujours aussi mal, Louis de Funès trépigne de plus belle. Le dentier du grand-père rit dans son verre du soir. Il flotte dans la maison, encore et toujours, la même odeur immonde de cuisine indigeste, d'urine et de fiel, comme l'haleine tiède d'un fauve agonisant; suspendue au lustre par les pieds, la sœur converse avec les saints anges, qui pour cette occasion sont de petites têtes pourvues d'ailes, et vacillent autour de la lampe, comme des éphémères. Le père lui administre une paire de gifles pour avoir, une fois de plus, traîné longtemps dehors, mais cela n'a vraiment plus aucune importance. Puis il retourne se coucher en rond la tête entre les pattes, dans sa panière où il ronfle aussitôt, tout en lâchant des gaz, et rêve qu'il attrape un lièvre famélique.

Cette nuit, les yeux ouverts, Nitzky pense d'abord au jeu. Puis à l'homme, à ses mains, à son corps gracile. Il aurait pu poser une main sur sa cuisse. Il l'espérait du moins, tout en ne connaissant qu'à peine les gestes de l'amour. Mais pendant tout le trajet de la route à l'hôtel, il a tremblé d'excitation, imaginant que l'homme s'affairait sur son corps avec des gestes doux, lui ôtait ses vêtements, baisait son cou, se penchait sur son ventre. Il se demandera longtemps si cet homme, de retour à New York, a pensé à lui, s'il s'est caressé en pensant à lui comme Nitzky, les yeux clos, le faisait en revoyant la chambre ; et même il lui arrivera de calculer, après avoir consulté un atlas à la bibliothèque, les heures qui le séparent de l'homme, afin de se caresser dans cette nuit new-yorkaise qu'il ne peut imaginer, mais qu'il se représentera comme une moiteur bruyante et sucrée, excitante, la parant de néons de couleur et de passants joyeux, d'impasses accueillantes aux amants de passage, de squares élégants à fontaines moussues, de hautes tours rondes, n'en sachant pas davantage sur les charmes du corps des hommes faits, de sorte que, le plus souvent, il parvenait au période de la jouissance en revoyant, sur le couvre-lit beige, la veste à chevrons gris, le pardessus jeté, comme un torse disloqué, sur la tête de l'unique fauteuil de la chambre d'hôtel, ou rêvant qu'il humait, de nouveau, le parfum délicat de l'étranger, dont sa mémoire avait tiré, à la façon d'un alambic, une essence musquée, l'élixir de jouvence de ses plus lancinants désirs.

Nitzky est déjà, sans effort particulier, un bon élève. Il se met à travailler avec acharnement, s'attire l'admiration de ses professeurs. Quelques années plus tard, à la cafétéria de l'université de Cracovie, il remplit soigneusement un dossier. On trouve toujours des bourses pour ceux qui brillent en mathématiques ; à la télévision, un vieil homme joue du violoncelle au pied d'un mur ; des foules courent en tous sens, mais Nitzky sait où il va ; les empires peuvent bien s'effondrer, il ne changera rien à sa trajectoire. Il est le meilleur programmeur informatique de sa promotion. Le Canada offre des places à des étudiants comme lui. Six mois plus tard, il est parti. Il ne reviendra jamais. Dans l'avion qui l'arrache à l'Europe, il n'est pas loin d'être heureux. Il songe que les fantômes ne pourront pas le suivre, par-delà les nuages.

delenda

À vingt ans Salvatore, qui ne s'appelle pas encore Delenda, est un colosse culturiste, expert en compléments alimentaires, en crèmes lustrantes, en stéroïdes anaboliques. Il les achète en quantités semi-industrielles sur des sites Internet américains, en revend une partie. Il devient champion du Lazio. Il est beau, d'ailleurs. Quand il intègre l'équipe nationale de culturisme, il s'installe, au sommet d'un immeuble de trois étages du quartier de Garbatella, dans un studio minuscule, qu'il a équipé de miroirs sur trois de ses murs, afin de pouvoir s'entraîner à domicile, à tout moment. Il dort sur un matelas japonais qu'il roule le matin et range dans un placard. Il se nourrit de pilules, de gels, de poudres solubles. Il affine ses perfections, équilibre inlassablement ses masses musculaires, contemple les abdominaux qui jouent sur son estomac, comme des animaux aveugles. Il est heureux. Le dimanche midi, il retourne à Corviale. Là, il observe silencieusement ses parents chétifs, à table. Il a peine à croire qu'il descend de pareils êtres. Il s'est juré à treize ans qu'il ne serait jamais, comme eux, des employés las et ennuyés, attachés à la corde trop courte de salaires de misère et de contrats renouvelables, calculs sans fins, tâches ineptes, dépressions larvées. La seule ombre dans sa vie est cette cicatrice étrange qu'il s'est toujours connue. Au-dessus de son œil droit, elle zèbre son sourcil, comme la blessure mystérieuse d'une guerre qu'il ne se souvient pas d'avoir jamais faite. On lui a souvent répété cette histoire : enfant, dans le petit jardin ouvrier où sa mère et son père passaient tous les dimanches, il a marché sur les dents d'un râteau, comme dans un film burlesque, et le manche est venu violemment donner dans son arcade droite. Il a beaucoup saigné, mais il n'a pas pleuré, son père l'a félicité ; à l'hôpital, on lui pose quatre points de suture, et voilà.

Mais comme un jour il manifeste à table, pour la centième fois, le désir de se faire opérer pour effacer de son visage cette fâcheuse dissymétrie, qui peut-être lui coûtera un titre européen, comme sa voix vibre d'une rancœur absurde, sa mère brusquement se met à sangloter, son père se lève pour débarrasser. Dix minutes plus tard, les yeux secs, sa mère lui dit la vérité d'un seul trait, la voix blanche. La grossesse elle-même s'était très bien passée. Elle s'attendait à accoucher de beaux jumeaux : une tradition dans la famille, qu'une échographie avait confirmée. Le père s'était précipité sur ses outils pour confectionner un second petit lit de bois. Seulement un drame s'était joué dans ce ventre énorme : l'un des deux embryons avait pris le pas sur l'autre ; ou l'autre ne s'était pas développé comme il aurait fallu. Celui qui restait était-il viable ? Il convenait d'attendre l'accouchement pour le déterminer. Le survivant était né ; de fait, l'autre semblait avoir disparu. On avait craint d'abord que Salvatore soit malformé, car une excroissance rosâtre, boursouflée comme un kyste, parsemée de poils noirs, et qui paraissait énorme sur la tête menue du nouveau-né, dissimulait l'un de ses yeux, pendait jusque sur sa joue, comme un gnome de science-fiction : c'était tout ce qui restait de sa sœur, ou de son frère. Pendant un an, tous les jours, sa mère avait pleuré, ne le nourrissant au sein qu'à grand-peine. On avait dû attendre longtemps pour opérer le nourrisson ; on avait craint qu'il ne reste borgne, ou même aveugle, mais l'œil droit avait miraculeusement été épargné. L'opération s'était bien passée, la cicatrisation avait dépassé les espoirs du chirurgien.

Delenda ne commente pas la nouvelle. Il ne console pas davantage sa mère. Il se contente de dire que ce devait être un frère, et non une sœur. Son père se met en colère. C'est la première fois qu'il voit ce petit homme crier, rougir, l'agonir d'injures, tenter de le flanquer dehors. Delenda le jette comme une balle sur le canapé et s'en va. Quelques semaines plus tard, il revient, déclare qu'il va prendre toutes ses affaires, descend seul à la cave, empile sur un diable ses cartons de magazines de culturisme, ses vieux manuels d'histoire romaine. Au fond d'une étagère, il remarque un carton qui porte son prénom, et qu'il n'a jamais vu, l'ouvre. Ce sont les reliques de sa prime enfance. Au milieu de pièces de layette dépareillées et de petits jouets de bois qui ne lui disent rien, un dossier médical et une photo délavée de lui, enfant, grimaçant sous le soleil dans une barboteuse d'un blanc éclatant, posé comme un ballon sur une serviette de bain bleu marine, appuyé contre la glacière pour ne pas tomber à la renverse, à Ostie sans doute, et là, effectivement, masquant complètement son œil droit, prenant naissance sur son arcade sourcilière, Delenda découvre en se penchant la protubérance granuleuse et violacée, irréelle. Sur l'étagère, derrière le carton à chaussures, il découvre encore autre chose. C'est une fiole à verre épais, d'une contenance d'un quart de litre environ. Le bouchon en est cacheté. Dans la lumière de l'unique ampoule de la cave, il aperçoit, grossi peut-être par le verre, un agglomérat de chair et de poils, où pointe une sorte d'os contourné : son frère. Il fourre les papiers et la fiole dans son sac de sport, laisse la clef sur la porte de la cave, ne repasse pas par l'appartement, traîne son diable jusqu'à son studio. De temps en temps, le soir, il sort avec la bouteille. Il se glisse dans les terrains vagues, derrière le gazomètre, près des cabanes fumantes des miséreux qui le regardent sans rien dire, descend au bord du Tibre, mais se ne résout pas à lancer la bouteille dans l'eau.

Il gagne sa vie en donnant des cours particuliers de remise en forme, dans une salle élégante de Garbatella, où des clientes volubiles, qui lui parlent de près, mènent un combat qu'il juge dérisoire contre l'âge et la cellulite. Il les méprise en secret. Il déteste ces corps flasques, il déteste ces femmes, il déteste les femmes, leurs rondeurs, leurs sueurs et leurs larmes nerveuses. Il n'aime pas davantage les hommes, pas même ses concurrents culturistes. Il est vierge. Le soir, il travaille comme chauffeur et comme garde du corps pour quelques épouses de députés de l'Alleanza nazionale; parfois l'une d'entre elles s'offre à lui, mais il se détourne. Il croit la chasteté nécessaire à l'épanouissement de son destin; mais il n'a pas encore trouvé à quoi employer, au juste, son génie. Quand il découvre Rom@, il sait que ce jeu sera le sien. De fait, il devient immédiatement célèbre en Italie et ailleurs. Il est très fier de son pseudonyme. Les matches-exhibitions lui rapportent de l'argent : dans deux ans, il pourra se faire opérer. Cependant le meilleur chirurgien de Rome lui annonce qu'il est impossible de faire entièrement disparaître sa cicatrice. Il renonce.

agonies

Comme tout le monde, je croyais ne jamais mourir un jour, et voilà que ce jour est là, tapi dans un impensable futur, si proche que je ne peux le chasser de mes pensées. Cependant, et pour la première fois de ma longue existence, je me sens léger, libre de mon passé ; au ciel, des nuages tracent les signes insensés que je ne sais plus lire. Je me défais : vers les cinq heures du soir, la place Navone est noire de monde. Du sommet de l'obélisque qui coiffe la fontaine des Quatre-Fleuves, une colombe de pierre s'envole en laissant échapper son rameau d'olivier, disparaît vers le sud et ses promesses d'été. L'eau claire du bassin s'assombrit et semble s'épaissir, tourne lentement comme une huile effroyable. Les statues du Gange et du Nil, du Danube et du Río de la Plata, font peu à peu craquer leur enduit poussiéreux. Elles se lèvent en ouvrant leurs bras, s'étirent comme des fauves, se penchent sur la place et vomissent des flots limoneux. Les badauds affolés prennent la fuite, abandonnant leurs sacs à dos et leurs sandwiches, tandis que la place se referme sur la perfection froide de sa forme classique. Les gradins du stade de Domitien escaladent le ciel, les eaux d'encre engloutissent les plus faibles. Des trirèmes fantômes brisent les membres des nageurs de leurs rames indifférentes. Des requins d'eau douce mordent dans des enfants, des crocodiles d'Égypte entraînent leurs victimes vers le fond, où dorment des silures. Quand les eaux se retirent, des parapluies, des appareils de prise de vue, des casquettes, des sacs à dos et des voitures d'enfants jonchent la place, des membres déjetés et des torses sanglants pourrissent à vue d'œil, tandis qu'au même moment, au sud de Monte Mario, des soldats espagnols et allemands, casqués de fer, armés de longues piques, de hallebardes et d'épées à deux mains, débouchent de la Vallée de l'Enfer, font mouvement vers le Vatican, après avoir escaladé sans grande difficulté la muraille aurélienne. Ils se répandent sans nombre dans la cité, comme une peste noire. Sur la place Saint-Pierre, ils découvrent indignés des hommes aux bras nus, des femmes indécentes au visage trop peint, des enfants diaboliques de races inconnues, et le massacre commence, dans l'apathique monotonie de l'horreur historique, femmes éventrées, hommes roulés dans des tonneaux cloutés, enfants embrochés sur les épées du temps, voyageurs qu'on soupçonne d'avoir avalé leur magot, et qu'on éviscère, pour les voler. La foule des touristes s'engouffre pour les fuir sur la via della Conciliazione, mais les maisons du vieux quartier du Borgo, autrefois rasées pour donner à la basilique un recul plus majestueux, ont ressurgi de terre, et les corps soulevés des fuyards se retrouvent prisonniers dans les murs de pierre, étouffés parmi les briques, écrasés par les moellons.

L'armée italienne prend position à tous les coins de rue. Des plans d'évacuation sont décrétés à son de haut-parleurs montés sur des camions bâchés, pour occuper les foules. Pendant ce temps des hélicoptères emportent des puissants, des ministres, tous les potentats de l'économie mondialisée; le prince Rachid décolle de l'héliport du Cavalieri Hilton et gagne la côte où l'attend, près d'Ostie, un yacht de son oncle; dans quelques heures il sera à l'abri dans un port de Sardaigne; des foules de fidèles affolés se pressent contre les grilles de la basilique Saint-Pierre, bousculent aux portes de l'État les vigiles et les gardes suisses, envahissent le Vatican. En quelques minutes la nef et les jardins sont pleins à craquer. Les colonnes torses du baldaquin de Bernin se mettent à suinter vers le sol, le bronze glisse comme un serpent de lave et s'envole vers le fronton du Panthéon; et bientôt la basilique tout entière s'évanouit dans un tourbillon de poussière, le Circus Vaticanus de Caligula et de Néron reprend sa place antique, des milliers de charrettes chargées de pierres du Colisée traversent à nouveau le pont Saint-Ange, tirées par des bœufs patients, la chaux des statues grecques et romaines brûlées par les chrétiens reprend forme de dieux, de héros, de naïades et partout, s'arrachant à mes places, des obélisques triomphants retournent en Égypte, des marbres roses et verts regagnent leurs carrières d'Afrique, et le Colisée, hérissé d'oriflammes, vomit des foules disparates venues des temps anciens. Sur le Palatin, les palais impériaux et les eaux bouillonnantes du Septizonium de Septime Sévère s'élèvent de nouveau à leur hauteur ancienne ; sur la rive droite du Tibre, le château Saint-Ange dresse, sur ses créneaux, les splendides statues dont il était orné jusqu'au siège des Goths ; à l'emplacement du Palazzo Caffarelli, le temple de Jupiter capitolin ressurgit en majesté, et dans l'église Santa Maria Sopra Minerva un temple ancien repousse, comme les dents monstrueuses d'un vieil enfant. Puis tout se brouille, et le temps forme avec moi de nouvelles chimères, belles comme des hippogriffes.

thermes

À la fin du XXe siècle, le gouvernement fédéral du Canada offre des bourses à ceux qui, du monde entier, sont susceptibles de venir augmenter sa population, pourvu qu'ils contribuent également à en élever le niveau scientifique, technique ou commercial. À l'université de Cracovie, on conseille au jeune Nitzky de demander Montréal, parce que c'est la ville la plus européenne de ce pays lointain. Mais Nitzky se soucie peu de l'Europe : il choisit Vancouver. Bientôt il est engagé comme informaticien par les trois fondateurs de Black Box Inc. La société Black Box édite depuis dix ans des jeux vidéo qu'elle diffuse dans le monde entier, si l'expression a encore un sens pour des divertissements de réseaux, ubiquitaires comme des dieux. Black Box possède des bureaux dans un immeuble gris, près du port de marchandises, sur Hastings East, d'où l'on peut voir les porte-containers glisser, sans effort décelable, dans English Bay ; la société a également construit, au nord de la ville, un nouveau studio de développement, sorte de campus professionnel dont les employés n'ont pas vingt-cinq ans de moyenne d'âge. Dans la salle d'attente, on a placé des bornes de jeux d'arcade et, sans même s'en approcher, Nitzky, quand il vient passer son entretien d'embauche, sait qu'il va y trouver *Space Invaders*.

Pendant cinq ans Nitzky vivra dans le centre-ville, sur la rue Hastings, près du siège. Le matin il sortira vers neuf heures du Shaldon Hotel, montera travailler au dernier étage, juste en face, déjeunera sur place avec les collègues, ressortira pour dîner d'huîtres et de crabes sous l'enseigne au néon bariolée de *The Only Seafood*, au milieu des cadres en goguette et des toxicomanes affairés qui trafiquent leurs doses en se cachant à peine, il remontera ensuite dans sa chambre d'hôtel pour se changer et se doucher, ressortira, se dirigera vers le quartier gay, à l'ouest de la ville.

Pendant cinq ans, aussi, soir après soir dans Vancouver, Nitzky s'en va de club en club. Il a peu fréquenté les saunas de son pays natal, constamment rebuté là-bas par l'atmosphère sordide et honteuse de ces lieux de rencontre qu'on dit homosexuels, refusant même, pour son compte, d'employer ce mot : atterré par leurs gestes furtifs, étriqués, par ce peuple triste de paysans désœuvrés et amorphes, d'ouvriers patriotes et bouffis, de catholiques honteux, furtifs, si peu enclins à célébrer les fastes du plaisir, par ces arrière-salles moroses de folles perdues qui voltigent et se dérobent sous le nez de vieux ventripotents, par ces boîtes de nuit à la dernière mode, à Varsovie, où consciencieusement s'éclatent des jeunes gens aisés, arborant comme un drapeau la panoplie petite-bourgeoise de l'individu gay, par ces saunas moisis de la périphérie, palmiers artificiels et chaises de jardin, canapés défoncés et puants, et c'est là, un soir, qu'un grand type au membre long et lourd l'avait enculé brutalement pour finir par lui dire, d'un ton de voix complice, en s'essuyant la queue dans sa petite serviette, on n'a pas besoin des nanas, pas vrai, avant de lui parler de l'ennui de son mariage et de ses deux enfants. Tandis qu'à Vancouver, et malgré l'apparente fonctionnalité des couloirs étroits, malgré les visages fermés des hommes qui claquent leurs sandales de plastique dans les couloirs étroits rougis par des ampoules nues, malgré la morne comédie des bellâtres accoudés aux bars de rotin, avantageusement cintrés dans leurs serviettes blanches, l'enchantent toutes les cabines ombreuses où l'on peut deviner la silhouette attentive, accueillante d'un homme appuyé nu contre le mur du fond, fesses tendues, ayant soigneusement posé sur le matelas les quelques accessoires où mystérieusement s'accroche son plaisir, godemichés noirs, fouets de cuir menus, cordes de nylon; ou parfois debout, les bras croisés, déjà bandant, offrant sa verge étonnamment douce aux tendresses à venir, espérant qu'un passant s'agenouille, frôle ses jambes et son ventre, fasse fleurir sous ses doigts son sexe frémissant; ou bien encore, dans l'obscurité totale des salles les plus reculées de l'établissement, s'avancer à tâtons, s'abandonner aux amants invisibles, accueillir et dispenser des caresses, tant de mains, de sexes, et de bouches, tandis que s'effacent les frontières entre les autres et soi, dans la nuit intégrale où se perdre est possible, comme un amant attentionné qui ne saurait plus dire qui de l'un ou de l'autre branle, pénètre ou crie ; oui, le paradis tranquille des beaux saunas de Vancouver, où Nitzky comprend lentement que ce qui l'enchante ne relève pas spécifiquement de ce qu'on appelle l'homosexualité, mais plutôt de cette prolifération anonyme des voluptés humaines ; ayant d'ailleurs jadis couché avec des femmes, ayant aimé leurs corps plus que leur compagnie, constatant de plus avec ennui que la plupart d'entre elles n'envisagent les choses de l'amour que comme une extension de la sentimentalité la plus niaise, quand il ne s'agissait pas pour elles de trouver simplement à s'associer avec un homme dans le cadre étriqué d'un couple d'associés, appariés selon l'âge, la classe sociale, les préférences culturelles ; ayant dû renoncer à la fréquentation des lieux réservés, de fait, aux hétérosexuels, les clubs appelés échangistes n'offrant guère que de petites négociations de couple, où les femmes servaient de monnaie d'échange, toujours la même vieille histoire, le marché des mâles, dans une liberté factice proscrivant, comme sans y penser, les amours entre hommes, pas question de caresser Monsieur tout en foutant Madame, tolérant d'ailleurs les ébats féminins, mais comme un piment dérisoire. Nitzky en somme avait redécouvert pour son compte cette évidence que les amours ne procèdent pas d'un choix à proprement parler sexuel, mais sensible, que la ligne de partage véritable ne séparait pas les homosexuels des hétérosexuels, mais une minorité infime d'êtres libres de la masse moutonnière des pseudo-libertins, et il retournait soir après soir dans les clubs de Dabie Street, trouvant là une disponibilité des êtres plus grande, si peu d'entre eux venant là en couple, attaché à l'enivrement des circonstances, plus qu'aux êtres qui les composent, sur ce chapitre entièrement dépourvu de *type*; tout, en ces matières, lui semblant bon à prendre : les athlètes tatoués exhibant au coin d'un couloir une virilité énorme, et les freluquets fébriles, attendant sans bouger qu'on vienne, d'une main, découvrir leur bas-ventre, les hommes gras aux bustes enrobés, à la barbe douce, muscles ronds, poils frisés, qui relevaient ses cuisses avec tendresse, pour lui prendre le cul; les hommes minces aux membres déliés, amoureux de caresses, et l'innombrable cohorte des hommes vieillissants qui se jetaient avec gourmandise sur l'aubaine de sa jeunesse, et dont l'enchantaient surtout la beauté miraculeusement variée des verges satinées, la fierté comique et belle des érections solides et salées, la douceur des sacs de peau où roulent lentement, comme douées d'une vie autonome, des couilles bien rasées, enfin les Asiatiques de tous âges qui, si nombreux dans la ville, se glissaient sans bruit dans la cabine où parfois il s'allongeait, les yeux fermés, dans une pose offerte, et qui s'affairaient, comme les servants d'un culte silencieux, huiles parfumées, liens savamment arrangés, fesses imberbes, sur sa bouche et sur sa verge et alors, dans l'odeur musquée de la sueur et du foutre, Nitzky empoignait à l'aveugle leur verge tendue, ivre de l'inimitable plasticité chaude du vivant tandis que sous ses fesses des doigts se frayaient un chemin dans son cul frémissant, qu'une langue fouillait son oreille, célébrant l'émouvante abolition du nombre et de la solitude dans les ténèbres du désir.

collines

Les deux frères avaient quitté Albe la Longue. Non pas tant parce qu'ils ne pouvaient y être rois, mais parce qu'ils ne voulaient plus subir l'ennui des fastes sempiternels de l'histoire. Leur grand-père était roi, et ne comprenait rien. Il leur disait d'attendre. Il leur disait que leur tour viendrait. Leur mère n'avait pas commenté leur décision. Elle les avait bénis en pleurant. Ils étaient partis. Des criminels bannis, des esclaves fugitifs, des commerçants ruinés s'étaient joints à eux, qui n'avaient rien à perdre que leurs chaînes, qu'un passé douloureux, que la vengeance d'un clan. Sans y penser, les deux frères étaient retournés là même où un berger les avait secrètement élevés. Mais il était trop tard : le vieux Faustulus était mort depuis longtemps, et sa femme l'avait suivi dans la tombe, tandis que leur souvenir même s'évaporait lentement dans la mémoire obtuse des paysans du coin. La région était inhospitalière et déserte. Des marais la rendaient insalubre, les ronces et les roseaux y prospéraient sans frein; mais il y avait là l'un des rares points de passage sur le Tibre, à gué, à la hauteur d'une île, entre les terres des Étrusques et celles des Albains. Ils espéraient que les guerres ne dureraient pas toujours, que le commerce alors les favoriserait. En chemin, ils avaient établi des règles pour ce futur royaume prétendant échapper à toute fatalité : dans l'enceinte de la ville, la mort serait proscrite. Ils en traceraient le large contour avec un araire, selon un rite qu'ils veilleraient à faire connaître au nord et au sud, à l'est et à l'ouest : pour tirer l'araire, ils attelleraient une vache et un taureau, en prenant soin d'expliquer à tous la signification de leur geste ; la femelle à l'extérieur, pour annoncer la paix ; le mâle à l'intérieur, pour signifier la puissance qui ferait périr quiconque franchirait la muraille sans y être invité.

Cependant il leur faut un roi. Les deux frères conviennent qu'il ne peut y en avoir qu'un. Chacun se postera sur sa colline préférée. Romulus sur le Palatin, Remus sur l'Aventin ; et chacun de leurs compagnons d'aventure a choisi son champion. On se sépare le cœur léger, on rit et on plaisante. Il suffit d'attendre un signe indubitable du ciel et des dieux qui le hantent. Il n'a jamais fait aussi beau. Il semble que la nature elle-même retient son souffle : pas un nuage, aucun vent. Au-dessus de l'Aventin Remus voit s'avancer six vautours. Ce signe-là se comprend de soi-même : le vautour est le moins nuisible des animaux, qui ne touche à rien de ce que sèment, plantent ou élèvent les hommes ; qui ne blesse ni ne tue aucun être vivant ; qui respecte ses semblables, ne mange jamais leurs cadavres, glisse au-dessus des choses. Remus sera roi. Il envoie un messager en informer Romulus, mais celui-ci revient promptement, ayant croisé à mi-chemin un héraut dépêché par Romulus, et qui proclame que tous ont vu planer, à la verticale du Palatin, un vol de douze vautours. L'entourage de Remus le presse de faire valoir l'antériorité de son présage sur le nombre des rapaces de son frère; mais Remus refuse, et déclare aussitôt qu'il s'incline devant la volonté manifeste des dieux. C'est l'hiver et la nuit va tomber, peuplée de loups féroces. On attendra le lendemain pour aller s'agenouiller devant le premier roi de ce monde nouveau.

Le lendemain, Remus se met en marche en direction du Palatin. Il traverse les bois, seul, avant l'aube. Il veut être le premier à saluer son frère; dans le jour naissant, il escalade la colline, gagne le campement de son frère, le réveille; mais celui-ci le considère avec horreur et, se levant précipitamment, il court consulter la trace des pas de Remus, qui a froissé les herbes constellées de rosée. Remus, sans s'en apercevoir, a enjambé l'enceinte sacrée que toute la nuit Romulus a tracée, pour en faire la surprise à son frère et au monde. Ensuite ils ont bien cherché un moyen de corriger ce sacrilège, mais le mal est fait. Tous ceux qui s'éveillent maintenant détournent leurs regards des deux frères enlacés et en pleurs. Remus demande à se retirer dans une tente pour réfléchir à la conduite à adopter. Il s'y laisse tomber sur son épée, et Romulus ne peut que constater sa mort. Ce geste confirme Romulus dans un soupçon terrible : Remus aurait fait un meilleur roi que lui. N'a-t-il pas choisi de sacrifier jusqu'à sa vie pour respecter la destinée?

Romulus lui offre des obsèques solennelles. Le bûcher brûle pendant trois jours. Il nomme le nouveau royaume d'après son frère. Ensuite il se met à régner. Il tâche de maintenir la mort en dehors de Rome, autant qu'il lui est possible, porte pour cela la guerre jusqu'aux confins du monde. Il crée un sanctuaire d'un genre nouveau, auquel il donne le nom du dieu Asile : désormais, quiconque viendra ici pourra jeter sur une pierre noire, au pied du Capitole, une poignée de sa terre natale; et faire ainsi de Rome sa nouvelle métropole. Pour sa part, Romulus y a secrètement déposé, une nuit, les cendres de son frère; sous les étoiles il s'est juré de faire de cette fosse le centre de son monde, le nombril de sa ville, l'ombilic de ses rêves. Personne d'autre, jamais, n'aura le droit d'être inhumé à Rome : on jettera les condamnés dehors, de la roche Tarpéienne; ils s'écraseront au pied de la muraille, et les bêtes sauvages disposeront de leurs charognes. Et les rois eux-mêmes, on brûlera leur dépouille, et l'on dispersera leurs cendres, dans l'air indifférent du soir.

Une nuit, Romulus se lasse du sang et de la violence, de la litanie morne des combats et des armes, se penche sur la fosse abritant la pierre noire, implore les dieux pour qu'ils l'emportent, et se trouve exaucé. Une tempête se forme au nord de la ville, fond en rugissant sur le Forum. Quand elle s'éloigne en direction de la mer Tyrrhénienne, Romulus n'est plus là; il se décompose lentement, se défait en lambeaux putréfiés que les vents capricieux dispersent dans les airs, et, dans le calme des cieux, ils rejoignent peut-être les plus légères cendres de son frère défunt, qui ont quitté la fosse, soufflées par une brise. Au matin les sénateurs se montrent sur le Forum; ils mentent avec aplomb et solennellement, disant que Romulus est devenu un dieu, et qu'il faut désormais leur obéir sans murmures. Ensuite la ronde des planètes indifférentes suit ses orbes mécaniques, le temps intolérable grince sur ses gonds; un peu plus de poussières, un peu plus de sang et de larmes. La ville vieillit au rythme des empires; lentement, l'épuisement la gagne, la mine avec l'efficience d'une taupe, obstinée et aveugle. Les chrétiens s'imposent, imperceptiblement : des patriciens les ont autorisés à enterrer leurs morts dans les jardins de leurs villas, catacombes. Leurs tombeaux dévorent les sous-sols, poussent à la surface, églises. Des légions de cadavres attendent la fin des temps, les morts ici désormais mieux logés que les vivants qui s'entassent dans les immeubles mornes de la Rome papale. Plus tard naîtront d'autres Rome : Londres, New York, Pékin, bien d'autres encore, qui parfois la vaudront, avec leurs beautés compliquées comme des bijoux parthes; parfois non.

théâtre double

De fait, les fantômes de l'Europe ne l'ont pas suivi jusqu'à Vancouver. Nitzky d'abord est heureux, autant qu'un homme peut l'être. Cependant il se trouve qu'il dort de moins en moins, et de plus en plus mal. Il ne sait pas si l'on peut encore appeler sommeil ces étranges combats contre des ennemis innombrables et fuyants, qui le laissent fourbu et suant aux aubes de l'hiver. Parfois, il entend dans la nuit des Asiatiques morts à la tâche dans le port marchand s'interpeller en des langues musicales et traînantes. Parfois, ce sont de longues files de trappeurs incultes qui murmurent leur peine, cherchant leurs os congelés dans la terre des cimetières retournés par les Blancs qui construisent sans relâche des tours. Parfois, les longs poèmes des Indiens disparus, peuples de l'eau sacrée et enfants du tonnerre, fils du peuple de l'herbe ou de l'ours géant. Cette psalmodie des temps arrachés de leurs gonds ne l'inquiète pas, mais il a tort. Quelque chose en lui lentement s'est fêlé. Il s'imagine que ce n'est rien, que cet infime trait zigzaguant à la surface de son âme ne le menace en rien, mais il a tort : sous le mince vernis de sa tranquillité, une débâcle se prépare. Il n'en parle à personne, d'ailleurs il ne parle à personne, à part dans les bureaux de Black Box, collègues charmants pour la plupart, petite monnaie de la conversation sociale, à part dans les saunas, et le moins possible. De plus en plus souvent il se réfugie dans l'un des immenses parcs naturels qui dominent la baie de Vancouver. C'est là, un beau matin de cristal désert, qu'il rencontre les frères Qays.

Ce jour-là donc, à l'aube, après une nuit passée dans l'arrière-salle obscure d'un bar de la ville, il monte ici, laisse sa voiture à l'entrée du parc, marche jusqu'au pied du bassin transparent des Shannon Falls qui déversent avec fracas leurs eaux glaciales. Un ours d'un coup s'est dressé sur ses pattes de derrière, à deux mètres de lui, et s'apprête à l'écraser quand les frères Qays apparaissent, vêtus de leurs couvertures en poils de chien, la poitrine chargée d'amulettes, de perles colorées et de rubans magiques, leurs longs couteaux sacrés saillant à leur côté, dans leur gaine de cuir. Les frères Qays lèvent les bras dans un synchronisme parfait, prononcent quelques mots dans une langue rocailleuse, hérissée de clics et de consonnes explosives. L'ours aussitôt se change en un beau cèdre rouge, inoffensif et vénérable, et ses rugissements se perdent dans l'écume irisée des cascades. Nitzky s'assied contre un arbre pour reprendre son souffle. Les jumeaux le regardent fixement, sans qu'il puisse savoir s'ils le voient véritablement. Ils sont trop anciens, peut-être, pour cela. Ils sont là depuis toujours, depuis avant le temps des Indiens, depuis avant les hommes. Ils ont formé ici des montagnes et des baies, des ruisseaux et des clairières. Ils sont maintenant tous trois assis dans les ruines gelées d'une cabane de trappeur, un peu plus loin. Un feu de hêtre clair siffle, craque et embaume. Les frères Qays lui parlent longuement en regardant les flammes, comme à un vieil ami qui connaîtrait déjà toutes leurs vieilles histoires, mais dont on sait, de confiance, qu'il ne vous interrompra pas. Nitzky apprend tout ce qu'il faut savoir du monde : à l'origine des temps, les frères Qays étaient seuls. Ils s'ennuyaient dans cette région inhospitalière que les dieux leur avaient si volontiers laissée, la rendant peu à peu habitable pour les Indiens, changeant des pierres en arbres, des nuages en sources d'eau claire, un immense serpent en une belle île ronde au milieu de la baie, d'autres monstres indescriptibles en poissons, en cerfs, en oiseaux comestibles. Ensuite ils s'étaient retirés dans les bois, solitaires, invisibles à la plupart des hommes. Enfin ils se taisent brusquement, écartent largement les bras et disparaissent dans le ciel céruléen, où ils forment deux nuages floconneux et jumeaux. Quand Nitzky redescend vers Vancouver, il se sait immortel. Il croit que c'est une bonne nouvelle. De temps à autre les frères Qays réapparaissent à ses côtés, sans dire un mot, mais il est le seul à les voir.

En 2005, la direction de Black Box invite Nitzky à devenir l'un de leurs *game designers*. Jusqu'à présent il s'est contenté de développer les concepts des autres. Il se voit mal proposer un n-ième jeu de courses de voitures, ou de guérilla urbaine. Il passe alors tous ses après-midi dans la plus grande des bibliothèques publiques de Vancouver, au milieu des étudiants et des retraités, compulsant au hasard des encyclopédies et des livres d'histoire; mais sans que surgisse dans son esprit la moindre idée nouvelle. Un soir, désespérant de trouver, il sort en traînant les pieds de la bibliothèque. Il n'a jamais prêté attention au bâtiment. Tout à l'heure il est entré là par une porte latérale, sans y penser, sans même lever le nez, les frères Qays sur ses talons. Il a emprunté machinalement les escalators qui mènent de la galerie marchande aux étages vitrés. Il vient de descendre une longue volée de marches et se retrouve, comme porté par le flot principal des usagers, sur une sorte d'esplanade, le Vancouver Library Square : de là il découvre, en se retournant, deux énormes ellipses de béton rosies par le soleil couchant, dont la forme lui semble vaguement familière; reculant encore, il parvient à peine à prendre la mesure de l'énorme édifice, mais qui décidément l'intrigue. Nitzky rebrousse chemin, repasse les portiques de la bibliothèque, s'installe devant son ordinateur, ouvre le logiciel *Google Earth* : le programme de recherche zoome majestueusement vers l'endroit où il est assis et, comme il le supputait, l'application offre une image en trois dimensions de la bibliothèque. Ensuite il empile sur sa table tout ce qu'il peut trouver à son sujet. L'architecte est célèbre, semble-t-il. Il se nomme Moshe Safdie. Il a d'ailleurs beaucoup construit au Canada. Son projet a été choisi par référendum par la population de Vancouver. Il s'est apparemment inspiré du Colisée de Rome. Ce choix singulier a suscité des commentaires hostiles, excité des jalousies : des critiques, des confrères, des journalistes ont protesté contre l'édification, dans une ville de moins d'un siècle d'existence, dans une ville fière de sa jeunesse et de sa participation active au stade le plus avancé de la mondialisation marchande, d'un bâtiment inspiré par l'un des plus vénérables monuments de la plus vieille Europe, qui n'a plus de leçons à nous donner.

Comme beaucoup de ceux qui s'imaginent ne croire à rien, Nitzky croit au hasard. Maintenant il tient son projet : il va bâtir une Rome nouvelle. Il existe bien, sur le marché, de nombreux jeux consacrés à l'Empire romain; mais, curieusement, personne n'a jamais proposé aux joueurs de vivre dans Rome même : l'action se passe invariablement dans quelque garnison anonyme, dans quelque colonie des confins de l'Empire. Il ne tarde pas à découvrir pourquoi : ses prédécesseurs ont reculé devant l'ampleur de la reconstitution, et partant de son coût. Mais Nitzky trouve un biais. Il contacte en Italie les auteurs d'un cd-rom pédagogique qui ont, cinq années auparavant, patiemment modélisé un à un tous les monuments romains de l'époque impériale. Il demande à Black Box d'en racheter les droits à l'éditeur et à ses historiens, qui n'en attendaient pas tant; en embauche deux au passage comme conseillers techniques. Le service juridique, consulté, préconise d'éviter toute référence trop marquée aux aspects les plus décadents de Rome; et demande qu'on évite toute polémique avec l'Église catholique : martyrs chrétiens jetés aux lions, ghetto du Trastevere, autres sujets de discorde potentiels. C'est ainsi que Nitzky se met à travailler sur la Rome de Constantin; il s'enfonce peu à peu dans ce monde singulier, qu'il ne connaissait absolument pas, oui, Nitzky lentement s'avance vers Rome, venu de Pologne jusqu'aux rives canadiennes du Pacifique Nord, et, selon l'absurde géographie du hasard, se rapproche maintenant des remparts de la Ville éternelle.

Son admiration ne cesse de croître pour le peuple romain, pour ses ingénieurs méthodiques, assécheurs de marais, défricheurs de landes, pour ces architectes ambitieux et patients, frustes et obstinés comme le charroi des pierres qui ont servi à bâtir la ville, mais terriblement efficaces. Tandis qu'il élabore les règles de fonctionnement de son jeu, le Colisée ne cesse de le fasciner, pardessus tout. Non pas qu'il admire les fameux combats entre gladiateurs et bêtes féroces, ni même les grandioses joutes navales qu'abrita son enceinte, métamorphosée en vaste bassin; non, c'est le bâtiment lui-même qui retient son attention, cette curieuse invention, la seule invention, sans doute, propre aux Romains, c'est-à-dire qui ne soit pas seulement la laborieuse copie d'un chef-d'œuvre de la civilisation grecque. L'architecte du Colisée a conçu en effet ce coup de génie : dupliquer deux théâtres grecs, en s'inspirant du vieux théâtre de Marcellus, au pied du Capitole; les accolant face à face, leur ajoutant un étage, créant ainsi une enceinte harmonieuse : un amphithéâtre. Nitzky contemple pendant des heures les images de cette ellipse, la simple énigme du spectacle moderne, refermée sur elle-même. Il songe que Rom@ doit redoubler cette énigme, et non la dissiper : le plus ancien des spectacles de masse rejoignant ainsi, dans les pliures compliquées du temps non linéaire, le plus récent.

Dans une savante étude consacrée à la construction du Colisée, Nitzky apprend comment l'Empire en a financé la construction. On s'est servi du butin qu'on venait d'arracher, le glaive à la main, à Jérusalem, que l'on a aussitôt soigneusement rasée. Le produit des pillages de la guerre de Judée est considérable. Devant Flavien et Titus, les soldats débarrassés de leurs armes défilent, portant leurs enseignes, au milieu des Juifs réduits en esclavage, et qui doivent montrer à la foule le chandelier à sept branches, les trompettes de Jéricho, la table des pains de proposition, tous les objets sacrés arrachés à leur temple le plus sacré. Beaucoup de ces Juifs vont mourir égorgés tout à l'heure; les autres seront affectés à la construction du Colisée.

Nitzky comprend qu'il ne fera pas d'autre jeu que celui-là. Derrière lui, penchés sur son épaule, les frères Qays s'agitent. Les morts ont corrodé son âme et Nitzky l'ignore. Après le triomphe de l'arc de Titus, après le défilé de soldats sans armes et en habit de soie, après l'immolation des guerriers juifs qui parachèvent la victoire, on s'installe dans la paix éphémère et factice de l'histoire, comme toujours. On dépose les reliques du butin au pied du Colisée, sous un portique de colonnes de marbre d'Assouan rose, au pied de la statue de la Paix, dans de petites loges, qui forment un musée où la plèbe défile. Nitzky apprend que Moshe Safdie est aussi l'architecte du musée de Yad Vashem à Jérusalem. Il écrit à cet homme pour lui demander s'il sait que le Colisée a été financé par le butin de la guerre des Juifs ; il voudrait savoir quel sens l'architecte a voulu donner à cette transformation d'un stade en bibliothèque ; mais il ne reçoit pas de réponse. Désormais la vie à Vancouver est devenue extrêmement pénible pour Nitzky. Les voix sont de plus en plus nombreuses et, comme pour se faire entendre, chacune hausse le ton jusqu'à hurler. Nitzky loue un terrain dans un parc au nord de la ville, du côté d'Hollyburn, là même où il a rencontré pour la première fois les frères Qays. Il sauve ce qui peut l'être des ruines de la cabane. Il la retape de ses mains, tout un été. Il a cessé depuis longtemps de pratiquer quelque jeu vidéo que ce soit, à titre personnel ; et de fréquenter les saunas. Quand la cabane est terminée, les frères Qays disparaissent sans un mot.

Au bout de trois ans de travail, Nitzky livre une version opérationnelle du jeu. Le succès est immédiat. Pour fêter les cinq millions d'exemplaires vendus, Black Box loue le Centre A : c'est un grand bâtiment blanc et nu qui abrite d'ordinaire des expositions d'art asiatique, dans le quartier d'Hastings, à quelques centaines de mètres de leurs bureaux. On est au début de l'hiver. Sur la petite place juste en face du centre, et dans les rues avoisinantes, tous les toxicomanes sans domicile, tous les malades mentaux chassés des centres de soins par les réductions budgétaires, tous les Indiens du Nord, qui n'ont jamais pu bénéficier d'allocations de chômage, sont là, et quand Nitzky approche, il est assailli par la plainte indistincte des psychotiques, par toutes les voix éraillées ou lasses qui se ruent dans son cerveau. Nitzky tend son invitation aux hôtesses déguisées en vestales, passe un cordon de vigiles vêtus en légionnaires, ensuite il est happé par la fête, sourit, serre des mains, hoche la tête sans rien dire. On lui présente des personnes importantes dont il n'entend pas le nom, on le fait poser avec des inconnus célèbres. Dehors les misérables flottent dans les rues de soupe populaire en dispensaire, dans la nuit hébétée des calmants ou des amphétamines. Certains viennent se coller à la vitrine. Il y a là une Indienne sans âge, cassée en deux, appuyée sur sa béquille unique, vêtue d'un haut de survêtement rose trop grand pour elle, d'un pantalon de toile trop mince pour la protéger du froid. Elle le regarde fixement à travers la vitrine. Nitzky empile sur une assiette tout ce qu'il peut, petits-fours, friands, morceaux de pain et de fromage, mais quand il sort pour les lui offrir, la vieille femme a disparu. Il traverse la rue et tend son assiette à un petit groupe de miséreux blottis contre des chariots de supermarché remplis de leurs affaires, trop étonnés pour le chasser ou pour le remercier. En revenant vers le Centre A, il s'évanouit, s'effondre sur le trottoir, dans la nuit infernale.

III

AMOЯ

Nous déclarons cet espace infini, étant donné qu'il n'est point de raison, convenance, possibilité, sens ou nature qui lui assigne une limite.

GIORDANO BRUNO

tête du monde

Décidément je n'en finirai pas de mourir. J'apprends à mes dépens que l'agonie d'une ville rappelle de bien près celle des héros d'un opéra lyrique, qui se lamentent sans fin sur une scène vide, en se tordant les mains. Je ressemble à mes statues : en vieillissant, c'est mon sexe que j'ai d'abord perdu, puis mes mains, puis mes bras. Je sens monter en moi les brouillards froids de la démence. C'est ma tête maintenant qui vacille, comme celle d'une poupée de son dans les mains d'un enfant capricieux. Elle s'en ira rouler dans la poussière dont elle aurait aussi bien pu ne sortir jamais. Elle se brisera sur un roc, peut-être. Plus probablement s'effritera lentement, au gré des saisons changeantes comme les hommes. À quoi pensez-vous donc, belles statues de ma mémoire, torses couchés dans l'herbe, gagnés par les lichens, lentement digérés par la terre impavide? Et quand, arrachées à votre sommeil de pierre par quelque prince éclairé, quelque érudit fébrile, un caprice vous expose sur un socle à la curiosité des hommes, ainsi qu'à leur ennui?

Allongé face au ciel, harassé, innocent, j'attends la fin des siècles, caressé par le vent sous un monde infini de nuages, je rêve que le Tibre m'emporte vers la mer qui sait tout oublier, jusqu'aux frontières du monde.

Tout m'échappe maintenant. Les morts de mes rues, les passants disparus dans les gouffres du temps, les damnés enchâssés dans mes murs de pierre, les rêveurs de mes parcs, tous les fantômes calmes de mes mondes passés, je n'y suis plus pour rien et, n'en déplaise aux jurés infatigables des tribunaux de l'histoire, je ne me vois pas davantage répondre de mes actes qu'un malade cancéreux de la prolifération de certaines de ses cellules. Je vais m'offrir ce luxe que les hommes m'envieraient s'ils pouvaient prévoir leur fin : mourir sans être seul. Pourtant je me souviens d'un temps où je n'avais pas compris encore toute l'horreur de la solitude. C'était en cet âge qu'on dit moyen, celui-là même que Mussolini abhorrait, au point de vouloir l'effacer de ma chair. Il avait fait raser tous mes plus vieux quartiers, sous prétexte qu'ils n'étaient pas salubres, ne gardant pour mémoire qu'une poignée de maisons civiles ; en un sens, il n'avait pas tort. Mais quant à moi, j'avais aimé l'époque. Jamais les hommes n'avaient été aussi peu nombreux. Les Romains me portaient comme des habits trop grands. Furtifs, ils trottaient dans mes rues comme des enfants timides. Certes il arrivait parfois que l'on gratte mon sol, qu'on me pille de-ci, de-là : une colonne dorique, un bas-relief, une vasque de porphyre arrachés au sommeil sans rêve des sols ; mais on n'y mettait pas encore la rage passionnée, systématique, que la Renaissance y apporterait bientôt. Et puis, je vivais à la campagne : de l'autre côté du fleuve, à Prati, s'étendaient de grands prés d'herbes et de coquelicots ; derrière le Trastevere montaient des rangs serrés de vignes, des champs de seigle et de blé ; au-dessus des temples du Forum, endormis sous trois mètres de terre, des troupeaux de vaches paissaient ; sous les arcades des amphithéâtres désaffectés, hérissés de ronces et d'herbes folles, des hommes sans logis s'endormaient le soir, autour de leurs feux de sarments, de broussailles ; ici et là, d'anciens portiques abritaient des masures de torchis et, entre l'Arc de Constantin et le Colisée, auprès du large bassin de la Meta Sudans, des bœufs apathiques et rêveurs venaient s'abreuver, tandis que des moines passaient en marmonnant, sans jeter un regard à mes antiques splendeurs. Tous ces hommes silencieux et ternes, je croyais pouvoir me passer d'eux ; je me prenais à souhaiter d'être enfin laissé seul, comme la statue de Laocoon qui dormait sous la terre, au flanc de l'une de mes collines. Un hasard vint me détromper.

Un jour un roi ostrogoth qu'on nommait Totila, enragé de ne pouvoir faire de moi la capitale de son royaume d'Italie, pressé de tous côtés par les armées de l'Empire byzantin, furieux de ne pouvoir m'emporter enfin avec lui, s'avisa de me vider de tous mes habitants. Il les avait poussés devant lui, échevelés, livides, pleurant, le long de la via Flaminia et, dans un désordre indescriptible, ils avaient franchi le Tibre. Bientôt la poussière de leur passage était retombée, le vacarme de leurs chars brinquebalants s'était dispersé ; alors, pendant plus d'un mois, je me trouvai déserte. Le soleil caressait le calme rose de mes tuiles, les pluies gorgeaient d'eau mes parcs, que plus aucun pied humain ne transformait en boue ; mes fontaines murmuraient leurs chansons ; le vent filait parfois dans mes rues vides, comme un spectre. Cependant des nuées de mouches bourdonnantes s'étaient abattues sur les étals de fruits que les marchands, bousculés par la piétaille de Totila, n'avaient même pas eu le temps de couvrir ; dans les jarres pourrissaient des olives saumâtres, dans les arrière-boutiques des tavernes, des poissons et des viandes puaient affreusement, puis se couvraient de vers.

Les chiens, comme toujours, avaient servilement suivi les hommes, de sorte que les chats, restés à lézarder, avaient d'abord pullulé, avant de devoir fuir, terrifiés, les colonies fébriles des rats affamés ; habitués jusque-là à attendre dans les greniers, dans les caves, que se déversent sur leurs têtes grises les denrées que l'Empire entassait à Ostie, les rats s'étaient jetés sur les jardins, dans les cuisines, ivres de pillage et d'impunité ; mais, quand ils avaient eu dévoré tout ce qu'ils avaient pu trouver, ils avaient bien dû se risquer dans mes rues, exaspérés de faim. Ils poursuivirent les chats jusque dans les arbres, les acculant au bout des branches où ils crachaient de peur et de rage, jusqu'à ce qu'ils s'écrasent d'eux-mêmes au sol, ou que la branche croule sous le poids des rongeurs. Au ciel montait une odeur de sang noir et de charognes. Ils se trouvèrent réduits à retourner les uns contre les autres leurs dents aiguës. Indifférents à tous les désastres, des insectes s'affairaient, dans les ténèbres de leur conscience rudimentaire, chacun selon son espèce :

des fourmis construisaient leurs empires, des guêpes affolées cherchaient des larves toujours plus rares, des termites lançaient contre les poutres des assauts victorieux. Enfin, les insectes eux-mêmes moururent en masse, ayant épuisé mes ressources, et le chant des oiseaux déclina, s'éteignit, et je n'eus plus pour compagnie que le souffle irrégulier des vents. Au bout de longues semaines, je pleurai d'ennui et crus devenir fou, sans mes passants qui s'écrasaient les pieds, sans mes charrettes chargées de marbres, de poulets, de poutres et de foin; sans mes litières de dames patriciennes et mes prêtres affairés, sans les sabots ferrés qui faisaient résonner mes pavés.

Quant au roi Totila, jamais il ne revint : ce guerrier, qui se faisait appeler l'Immortel, avait lourdement chu dans la neige, à la bataille de Tagina, sur une pente des Apennins; au sol, sa belle armure pourpre ne le protégeait plus, le clouait au contraire sur le dos, comme un scarabée; sa lance, qu'il excellait à projeter en l'air et à rattraper d'une seule main, lui avait échappé. Il était mort de ses blessures cinq jours plus tard. Et quand le vieux général de l'empire d'Orient qui l'avait défait entra en moi par la via Appia, suivi de vingt mille hommes, je l'accueillis avec soulagement. Quelques semaines plus tard, les habitants s'en retournèrent, par bandes dépenaillées; du moins ceux qui n'étaient pas morts sur les routes. Avec eux, je retrouvai l'inévitable tumulte de la vie. C'est vers ce temps-là, aussi, que je mis à rêver. Alors je n'étais plus rien que mes jardins, je laissais les graminées sauvages gagner mes boulingrins. Des enfants solitaires foulaient mes pelouses en poussant leurs ballons, une mousse vert tendre gagnait sur mes graviers, sous les pins parasols, noircis par la tombée du jour. J'étais mâle ou femelle. Je vivais, alanguie comme une hamadryade attachée à son arbre, amoureuse du ciel. Je me penchais sur mes buissons sauvages, indifférente aux hommes, loin des armes et de l'histoire, sans faucille ni greffoir. Pour me séduire, un dieu se changeait en un beau moissonneur, en pasteur de bœufs maniant un aiguillon, en cueilleur de cerises; mais je savais bien me détourner de lui. Il finit par prendre l'apparence d'une vieille femme, pour s'introduire en moi. Il me conte l'antique fable de l'ormeau et de la vigne et j'apprends que la vigne, pour se faire féconde, doit se hisser vers la lumière, sans quoi ses grappes pourrissent au sol. Je comprenais enfin le secret du bonheur, et je me promis bien qu'un jour, avant qu'il soit trop tard, je le disperserais aux quatre vents du temps, à l'usage des amants.

statues

Et voici maintenant qu'ils s'aiment. Sur la terrasse de l'appartement envahie par la nuit, une lune vague dessine des dentelles de branches dénudées. Nano embrasse, pour la première fois de sa vie, une femme, ses lèvres de bijoux dentelés, son écume marine et, dans les vallées de Rome évanouie, des vagues tyrrhéniennes s'insinuent dans la cour des immeubles déserts, ou lapent le parvis des églises endormies. Elle pose ses mains fraîches sur ses hanches, fait glisser au sol sa serviette. Entre ses doigts elle sent la douceur de son sexe dressé, ferme les yeux, baise son cou.

Tout à l'heure elle s'est changée. Elle porte une robe de popeline grenat, sous le corsage ses seins petits et blancs frémissent. Sa main caresse la peau sombre du jeune homme. Elle referme ses lèvres sur la fleur carmin de son ventre. Il jouit, mais elle ne s'arrête pas, et il jouit de nouveau. Elle se relève, recule de deux pas, défait sur le côté les agrafes de sa robe, fait voler son soutien-gorge. Ils se sont promenés tout à l'heure. Dans l'appartement de Prati, elle entraîne le jeune homme vers sa chambre; son ventre et sa bouche entrouverts distillent un goût de sel. Elle ne connaît pas Rom@; elle ne connaît ni l'Inde ni les Émirats; mais cela n'a pas d'importance. Ils n'ont guère parlé, ils n'ont pas échangé leurs prénoms. Elle le regarde dormir sur le couvre-lit de sa chambre où aucun homme n'est jamais entré. Elle se glisse dans la salle de bains, se douche; elle n'a pas saigné; elle se demande si elle est encore vierge. Elle s'endort contre Nano, couchée contre son dos, une main sur sa hanche. Et leurs amours sans nom les protègent du temps.

Pendant les jours suivants ils ne font que l'amour, et puis des promenades qui sont la même chose. Ils se lèvent et sortent sans se concerter, se promènent, dans le silence heureux de longs baisers. Cette fois, il est quatre heures du matin. Ils flottent dans les rues désertées, quelquefois croisent un entêté qui s'est dérobé à l'évacuation générale, quelquefois doivent se cacher au passage des camions de l'armée, qui diffusent des messages en cinq langues invitant tout le monde à quitter cette ville, puis la nuit se referme sur eux. Ici et là, des tourbillons se forment, engloutissent un immeuble, une rue entière, ou bien font renaître d'un coup un marché médiéval, un cortège de seigneurs florentins en brocart. Ils remontent le Corso en direction du Vittoriano. Devant ce gros monument, empâté de marbres vulgaires, il se dit qu'il pourrait lui parler du mausolée du Taj Mahal, des hommes gras, venus d'Occident pour se pencher sur son cul; de son côté elle pense qu'elle pourrait lui demander d'où il vient, lui conter sa jeunesse romaine, mais elle veut que dure toujours, encore, le charme de cette vie sans mots. Lui ne dira jamais ce qu'il faisait en Inde, il ne dira jamais que la fenêtre de la chambre du bordel où il travaillait donnait sur le Taj, que pendant que les touristes s'activaient derrière lui il avait pris l'habitude de fumer, le plus souvent accoudé sur l'encadrement de la fenêtre basse, contemplant les dômes, les minarets impassibles, les cyprès d'un noir intense dans le contre-jour, qu'il espérait que les volutes du tabac le protégeraient du malheur comme un encens, et qu'il aurait aimé pouvoir prier les dieux pour ne pas attraper le sida. Ils sourient pour des riens et poussent jusqu'au pied du Colisée, dans les ruines du temple de Vénus et de Rome construit par Hadrien, longue basilique, colonnes hautes comme des doigts de géants amoureux. Elle qui a grandi ici, qui a fini par prendre en grippe toutes les ruines de Rome, elle les voit de nouveau, sous cette lune tendre, dans le silence étonnant de la nuit, elle les admire à nouveau, concrétions miraculeuses du temps ; et ils rentrent à l'aube, fourbus, se glisser dans leur lit, dans cette ivresse particulière de l'insomnie qui fait trembler les choses, s'endorment enlacés.

Une autre nuit : dans le parc de la villa Borghèse désertée, elle pleure. Elle n'est pas retournée dans cet endroit depuis son enfance, bassin aux canards, glaces, baudruches. Les cages et les fosses du zoo bruissent dans les ténèbres, l'odeur inimitable de la vie animale, captive, mélange de sauvagerie musquée et d'urine acide, leur parvient par bouffées, avec les feulements déchirants des fauves. Puis ils remontent l'allée des Oiseaux, escaladent une grille du jardin de la villa proprement dite, se glissent entre les parterres de buis où dorment les dahlias et les roses trémières, poussent une porte-fenêtre : le musée est à eux. Dans la pénombre, les tableaux sont de grands cadres vides où palpite la nuit. Puis les nuages s'évanouissent. D'un coup les grandes statues de marbre sont là, laiteuses et bleutées, splendides. Elle a essayé d'abord de lui expliquer, dans son anglais boiteux, qui fut Scipion Borghèse, mais il n'écoute pas. Il va de statue en statue, riant de Pauline Bonaparte et de ses airs antiques, sans être touché par sa beauté trop froide ; il tourne plus lentement autour du jeune homme presque nu qui serre sa mâchoire en armant sa fronde, tendu vers l'invisible géant qui mordra tout à l'heure la poussière, puis il pousse une brève exclamation de joie en découvrant Apollon et Daphné, dans la petite pièce du fond, et il refuserait presque de croire que cela est du marbre comme le mausolée, là-bas, au bout des bassins du Taj Mahal. Il sourit à ce miracle. C'est exactement ça. L'amour qui change la pierre en chair, la chair en arbre, l'arbre qui se fait pierre, et la pierre, amour. Nano pose sa main contre la hanche de la femme qu'il aime, défait sa robe. Ils s'aiment à l'ombre de la statue baignée par la lumière lunaire, dans l'odeur sucrée du laurier-rose, des écorces les couvrent comme des draps froissés, puis ils sortent haletants, les vêtements défaits. La lune décline lentement derrière les frondaisons. De la ville monte un tourbillon de temps, lactescent et majestueux. Ils n'ont plus peur de rien, se mettent à courir, comme des enfants, s'élancent vers l'abîme en se tenant la main.

colère

Cependant, quelques hommes audacieux s'obstinent à pénétrer dans Rome. Certes, ils savent qu'il y a eu des disparitions regrettables : le massacre de la place Saint-Pierre a fait plus de mille victimes, avant que les soldats italiens n'abattent un à un les soudards de l'empereur Charles Quint; les noyés de la place Navone se sont comptés par centaines, alignés sur des tréteaux par la sécurité civile, dans la nef de San Giacomo degli Spagnoli. Mais ces événements ne leur semblent pas appartenir au même monde qu'eux; ces gens-là ne sont-ils pas morts, désormais? Eux-mêmes ne sont-ils pas vivants? Dieu a voulu, assurément, envoyer à Rome, et au monde, des signes qu'il s'agit de comprendre. Aussi continuent-ils de se glisser dans la ville déréglée : chrétiens fervents, sectateurs satanistes, chamans improvisés, esprits curieux d'extraterrestres, prophètes de la fin du monde, certains animés d'espérances démentes, d'autres, au contraire, ayant trouvé enfin ici une raison d'être à leurs insurmontables dépressions. Ils s'approchent des vortex les plus tempétueux, dans l'espoir d'entrevoir quelque chose, s'y jettent parfois comme des plongeurs de haut vol, courent d'un quartier à l'autre, ballottés au gré des rumeurs les plus folles. Justement, il se dit que l'église San Pietro in Vincoli est le lieu où se formera le prochain tourbillon : à midi, curieusement disciplinés, une dizaine de curieux attendent que les portes de l'église s'ouvrent. Les quelques soldats qui sont stationnés là les observent. Ils appellent en vain des renforts, car l'état-major hésite de plus en plus à envoyer ses meilleures troupes dans cette ville absurde, où des patrouilles motorisées de vingt hommes peuvent d'un coup s'envoler, avalées par l'un de ces courants d'air poussiéreux; où une escouade de fantassins peut soudain se trouver nez à nez avec une division de la SS ou un troupeau d'aurochs. De plus, Rome est traversée par des orages magnétiques de plus en plus nombreux qui brouillent toutes les transmissions, dérèglent les systèmes de géopositionnement.

À douze heures trente, l'effectif du groupe a monté jusqu'à la trentaine. On commence à s'agiter. Le sergent responsable du détachement cherche le prêtre qui s'est obstiné à ne pas vouloir abandonner ses précieuses reliques. Celui-ci semble avoir disparu. Il donne l'ordre d'ouvrir les portes, pour éviter un incident. À treize heures, le sergent laisse tout le monde entrer. Ils se précipitent dans la nef. Les uns descendent vers la crypte située juste sous l'autel, où l'on conserve les chaînes ayant servi à Jérusalem et à Rome durant les captivités de Pierre, tandis qu'il attendait l'ange devant lui annoncer la libération ultime du Temps; les autres choisissent de tomber à genoux contre la balustrade du tombeau de Jules II, derrière la colonnade de droite, les yeux aimantés par l'extraordinaire figure de Moïse réalisée par Michel-Ange, au milieu d'œuvres de seconde zone, à la manière froide et sèche, faisant ressortir encore, s'il était besoin, le génie flamboyant du Moïse ; comme si Michel-Ange lui-même avait concentré là dans cette figure furieuse, impériale, au moment où elle découvre qu'en son absence son peuple, une fois encore, s'est abandonné à l'ivresse de l'idolâtrie, toute sa puissance. Massés contre la balustrade qui les sépare du tombeau, les hommes attendent un signe. Ils ne remarquent pas, dans un angle mort, derrière l'un des piliers situés à leur droite, un minuscule tourbillon grisâtre : un petit homme est apparu. Il se tient seul, appuyé sur son alpenstock prend des notes sur un petit carnet relié en cuir noir. Sigmund Freud a attendu ce moment pendant des dizaines d'années. Il en a même conçu des rêves : dans l'un d'entre eux, confortablement installé dans son wagon de première classe, il regarde le Tibre, et le château Saint-Ange ; mais le train repart. Il réalise alors qu'il n'est pas descendu à temps, et qu'il ne verra pas, cette fois-ci, Rome. Dans un autre, on le mène sur une colline, d'où on lui montre Rome, à demi cachée par la brume, encore tellement éloignée qu'il s'étonne de la voir si distinctement. Dans le dernier de ses rêves, il est enfin parvenu à Rome, mais il n'y voit pas de ville ; seulement un petit fleuve aux eaux sombres : d'un côté des roches noires, de l'autre, des prairies couvertes de larges fleurs blanches ; il se trouve pour finir à un coin de rue, s'émerveillant d'y trouver tant d'inscriptions en allemand.

Freud se tient là, maintenant, dans cette église bien réelle. Il se rend tous les jours ici, sans se lasser, les larmes aux yeux, le souffle court, afin d'admirer l'œuvre qu'il préfère au monde : l'image glorieuse de son héros juif. Pour ce faire, il a monté en soufflant l'escalier fort raide qui mène du Corso Cavour à la basilique, il s'est engagé, sous la colonnade de droite, dans la nef, s'est arrêté derrière un pilier, à l'écart de la foule. Il est le seul à y avoir songé : il s'est placé, non pas en face du patriarche, mais là où se dirige le regard de Moïse. Il a planté courageusement son regard dans celui du prophète. Mais aujourd'hui, il ne se tourne pas vers le sens passé de cette œuvre, mais sur celui que le temps lui a peu à peu conféré. Longtemps, Moïse a regardé son peuple, atterré de le retrouver prosterné devant le veau d'or. Il vient de renoncer à sa colère, s'est rassis, sa fureur maîtrisée, les traits tirés par un mépris douloureux, et il a détourné le regard. Mais soudain, Moïse bouge, dans un orage d'éclairs électroniques follement réverbérés par toutes les colonnes cannelées de la nef, sous les arcs de stuc des voûtes. Il tourne lentement la tête vers ceux qui attendent là un signe magique, il se lève, brandit la table des commandements, et la brise de colère sur un accoudoir de son trône, descend, s'avance vers la foule qu'il domine de toute sa stature et qui, maintenant terrifiée, reflue en silence. Il voudrait libérer ces hommes, il voudrait les arracher à leurs appareils de photographie, à leurs caméras, à leurs aberrantes superstitions, mais ils s'enfuient, bousculant Freud, qui a la malchance de se trouver sur leur chemin, le piétinent sans y prêter garde, et ce dernier trait redouble la colère de Moïse. Les fuyards courent vers le parvis, le géant sur leurs talons vocifère des insultes, mais le parvis disparaît, de même que, derrière eux, maintenant, la façade rosâtre de San Pietro in Vincoli, la châsse dorée des chaînes de l'apôtre Pierre, le tombeau de Jules II. Moïse renonce à les poursuivre dans les bois et dans les broussailles inextricables qui couvrent subitement les pentes méridionales de l'Esquilin. Il se sent très fatigué, s'assoit sur un tronc d'arbre mort. Il attend un signe du Ciel, mais le signe ne vient pas. Il appelle les étoiles à l'aide, mais les étoiles ne lui répondent pas. Il invoque l'Océan, mais celui-ci refuse de l'aider à engloutir les hommes et rappelle à Moïse que, jadis, il a fendu ses flots et l'a humilié, là-bas, au bord de la mer Rouge.

Un peu plus loin, sur la colline sauvage du Pincio, un philosophe se penche de nouveau sur la ville ; les toits sont agités comme une mer, les palais dansent, et les villas ; il a écrit que l'homme se plaît à voir quels maux l'épargnent, et qu'il lui était doux aussi d'assister aux grandes luttes de la guerre, de suivre les batailles rangées dans les plaines, sans prendre sa part du danger ; mais il regarde le cœur serré les vagues déchaînées sur les toits de la ville, et il pleure, lui aussi, une grande pitié monte en lui, enveloppe les hommes et les choses. Il invoque Vénus qui descend vers lui, et l'emporte loin de là.

mondes

Désormais une loi martiale interdit qu'on entre dans la ville. Cependant Nitzky est parvenu à soudoyer l'un des nombreux soldats de fortune engagés par le gouvernement italien pour isoler du reste du pays la zone désormais sinistrée. Nitzky a décidé de voir la ville. Depuis son effondrement à Vancouver, il songe qu'il ne comprend rien à son propre esprit. Ensuite, il est question des troubles de Rome, et il se prend à espérer que sa propre énigme est liée, en quelque façon, à ces événements. C'est la première fois qu'il met les pieds à Rome. Il a beau avoir consacré des années de sa vie à la reconstituer pour créer Rom@, il a toujours refusé les propositions de voyage d'études que lui faisait Black Box, faisant valoir qu'il voulait conserver, sur la ville qu'il recréait, une certaine fraîcheur de regard; prétendant ensuite qu'il redoutait les avions. Le succès du jeu croissant, Black Box n'a pas manqué de faire savoir que le mythique créateur de Rom@ a toujours évité Rome, afin de rester fidèle à sa grandeur antique; les fanatiques adorent ce genre de fables.

Nitzky ne dort pas de tout le voyage. Il arrive fourbu de Vancouver, via Amsterdam. Dans les toilettes de l'aéroport de Ciampino, il jette à la poubelle tous les médicaments qu'on lui a prescrits depuis son accident. Une voiture l'attend : un énorme 4 × 4 noir de marque coréenne, qui peut passer inaperçu parmi les véhicules des conseillers militaires et des experts internationaux qui gravitent autour du quartier général de campagne des armées italiennes, installé dans la zone des hangars de fret de Ciampino. La voiture délaisse rapidement la bretelle d'autoroute, s'engage sur la via Appia dans un grondement menaçant de pavés. À chacun des barrages, le chauffeur tend son passeport refermé sur une enveloppe. Il salue à l'occasion de vieilles connaissances. Elles et lui ont exercé des fonctions analogues pour des sociétés privées qui les ont affectés en Irak, au Koweït, en Afghanistan. On lui rend sa pièce d'identité. Nitzky a beau connaître les plans par cœur, il ne peut s'empêcher de trouver la route antique étonnamment étroite. Il demande au chauffeur de rouler plus doucement dans Rome, au hasard, sans s'arrêter. Ils suivent maintenant une large route déserte et sinueuse, qui descend vers les thermes de Caracalla. La rotonde des bains chauds a retrouvé sa splendeur, mais les deux ailes du monstrueux bâtiment demeurent inexplicablement en ruine. Ils descendent l'avenue San Gregorio, et dans le soleil couchant l'arc de Constantin grandit vertigineusement; enfin, à droite, le Colisée surgit à contre-jour, comme une silhouette de papier noir découpée dans l'incendie du ciel; ils longent une fosse où Nitzky reconnaît l'emplacement de l'ancien stade d'entraînement des gladiateurs. Un premier malaise le prend justement là, des fantômes sans corps ont surgi dans sa mémoire, lui murmurent leurs secrets dans des langues inconnues. La berline file le long des forums impériaux. Il s'attend à voir le Capitole, mais un gigantesque monument moderne de marbre blanc bouche l'horizon : les vortex n'ont guère affecté cette zone, et le Vittoriano a survécu à tout. Nitzky ne reconnaît pas les collines de « sa » ville : il se raccroche à la vue familière de la colonne Trajane, qui se tient là isolée, sur la droite, comme veuve des bâtiments qui l'entouraient, la peau bien nette, épargnée par la lèpre du temps, parée des couleurs les plus vives.

Finalement la colline du Capitole est bien là, à main gauche, derrière le Vittoriano, érodée par deux mille ans de pluie, de soleil et de vent. Le 4 × 4 descend vers le fleuve, et face à eux se dresse la silhouette, massive sous cet angle, presque brutale, des ruines du théâtre de Marcellus, dont il connaît tous les détails, mais qu'il peine à identifier dans cet arc de colonnes rongées, coiffé d'un étage hésitant entre le médiéval et le renaissant, appuyé sur d'énormes contreforts de brique datant, eux, sans doute, du début du siècle dernier. La voiture s'engage le long du Tibre, sur un chemin de terre à fleur d'eau; devant les cabanes des pêcheurs sèchent des filets, tendus entre deux piques. Le chauffeur donne des signes de nervosité; il veut savoir ce que Nitzky recherche. Il veut bien affronter n'importe qui, mais l'idée de disparaître dans des courants d'air sales comme tant de ses camarades ne lui sourit guère. Nitzky le fait arrêter au hasard et descend. Le chauffeur ne souhaite pas rester dans cette zone instable ; il reviendra chercher Nitzky le lendemain, ils en conviennent, au même endroit. Nitzky est seul maintenant. Il a tourné le dos au Tibre. Il se trouve devant un curieux bâtiment, coupé en biais, comme par la scie géante d'un architecte sadique ou dément, car le fascisme, ayant jadis commencé d'éventrer ce quartier, s'est trouvé empêché, par la guerre, par le manque d'argent, de mener à son terme cette œuvre de destruction ; de sorte qu'il est resté cette petite place, dominée par un bâtiment insolite, à demi scié, d'où partent encore des rues étroites, adaptées au climat, au soleil écrasant, aux journées sans un souffle d'air. À l'angle de cette place, Nitzky s'arrête pour reprendre son souffle, assailli de vertiges ; à droite et à gauche, la via Giulia étend son kilomètre comme un cauchemar sans fin, palais noircis à vitrines d'antiquaires, fenêtres grillagées, perrons usés. Il se met à marcher au hasard, débouche sur une seconde place, ornée de deux baignoires étranges, qui sont des bassins de fontaines, presque égyptiennes. Il finit par reconnaître d'anciennes baignoires des thermes de Caracalla, qu'un prince entiché d'antique a sans doute désiré planter là.

Pour le reste le quartier est essentiellement renaissant, et Nitzky n'y retrouve rien. Il s'engage sur une troisième place, s'arrête pour reprendre son souffle, appuyé contre le piédestal d'une statue. Il se retourne et la contemple : elle représente un moine austère, encapuchonné, qui tient un livre épais entre ses mains. À l'extrémité de la place, un tourbillon brunâtre s'est formé, s'avance vers la statue, l'environne en un instant. Nitzky est maintenant nu jusqu'à la ceinture sous un manteau de chanvre grossier, la taille serrée dans un pantalon de toile rêche. Ses mains sont attachées derrière son dos. Il se trouve au milieu d'une sorte de procession, ou de cortège, qui fend lentement, en deux flots sales et puants, une foule de personnes de toutes conditions. On a placé en travers de sa bouche un bâillon de bois. Il s'agit officiellement de l'empêcher de crier des impiétés, ou de clamer son innocence ; à vrai dire, on veut absolument éviter que l'assistance ne prenne en pitié, tout à l'heure, ses hurlements de douleur : car c'est au pied d'un bûcher, dressé au centre de la place, que Nitzky et son escorte parviennent maintenant. La foule, débordant de joie mauvaise et d'apitoiement facile, se presse contre les barrières qui entourent le gigantesque amas de bois, coiffé d'un poteau, fixé sur une sorte de petite estrade à laquelle on accède par un escalier de fortune. La confrérie de Saint-Jean Décollé a dépêché ses prieurs, qui exhortent le condamné à la repentance, et naturellement prient pour lui. Le bourreau l'accompagne là-haut, ainsi qu'un confesseur. C'est le début de l'année du Jubilé proclamé par le pape, et la presse est considérable sur le Campo dei Fiori.

On le dévêt jusqu'à la taille. Ce torse nu et frêle impose le silence aux spectateurs, pendant un moment. On le fixe soigneusement au poteau. Puis quelqu'un lance un cri de mépris, bientôt repris ici et là, et la haine monte vers lui comme une mer de fiel. Une diarrhée brûle ses cuisses, et brusquement le bâillon lui apparaît comme une chance inouïe : jamais sans lui il n'aurait eu le courage de ne pas se renier. Le bourreau et le prêtre sont descendus, maintenant. Le bourreau enflamme des brandons, les tend à ses assistants, puis donne le signal en plongeant sa torche dans les fagots. Les fumées montent en tourbillons dans le ciel vide. Il essaie d'inspirer par le nez, le plus rapidement possible, les fumées du brasier, pour mourir asphyxié, mais son corps absurdement résiste, et veut se maintenir encore dans le règne des vivants. Cependant il sait qu'il est bien d'autres mondes, et dans l'un de ceux-ci il ne brûlera pas. Puis la douleur lui fait perdre connaissance et il tombe en avant dans la fournaise. Et maintenant la foule voudrait pouvoir l'aider, effondrer un palais sur ce corps tordu parmi les braises, comme un reproche amer, pourtant il n'y a plus rien à faire, oui, la foule voudrait ouvrir sous le bûcher un gouffre protecteur, mais Nitzky s'est déjà réfugié dans l'immensité folle de la pluralité des mondes et croit que le cerveau, dans sa décomposition, fonctionne au-delà de la mort, et que ce sont ses rêves qui sont le Paradis.

Tout à l'heure, une patrouille le trouvera, gisant sur le sol goudronné, au milieu de la place déserte. Une ambulance militaire se fraiera un passage jusqu'au Campo dei Fiori, au milieu des étals de légumes et de vaisselle d'un marché fantomatique ; des infirmiers habiles se pencheront sur le corps recroquevillé de Nitzky, catatonique. Une ambulance roulera vers l'immense polyclinique Umberto Primo, où l'armée a installé un hôpital de campagne.

Nitzky est transféré vers l'aéroport de Ciampino. Les services de la polyclinique ont appelé les dirigeants de

Black Box. Ils auront cru bien faire en contactant, en Pologne, la sœur de Nitzky, qui vient le chercher, du fond de son pays blafard, avec l'instinct si sûr des amants de la mort. Elle ne s'est pas mariée, a tenu longtemps la boutique du père, qu'elle a ensuite vendue à ses deux employés. Elle obtient la tutelle de son frère, accède ainsi à son compte en banque, le ramène dans la cabane d'Hollyburn qui est sa seule possession. Elle le lave et le nourrit chaque jour. Nitzky reste des heures sur le balcon couvert qui domine la baie, à regarder ses mains, allongé dans un fauteuil d'osier, enveloppé de couvertures comme un roi égyptien. Il survivra encore longtemps à son effondrement, penché sur les lignes de sa main comme pour déchiffrer les cartes de mondes disparus. Il voyagera. Il sera à Rome quand les soldats entreront triomphalement, portant le butin de Jérusalem. Quelques années plus tard, il se glissera sous le portique du temple de la Paix. La lune éclaire le chandelier, les trompettes, la table des pains de proposition. Après de nombreux efforts il réussit à incendier la charpente et s'enfuit.

vortex

La première joute avait opposé l'Italie et le Danemark. Les douze joueurs s'étaient alignés sur le podium principal; on les avait placés de biais pour que le public puisse les voir, devant leur ordinateur. Au-dessus d'eux, on projetait sur des écrans géants les gestes et faits de leurs avatars, affairés dans Rom@. Une foule plus importante s'était massée devant les postes de Delenda et de son adversaire direct, capitaine de l'équipe danoise. Ils avaient choisi d'un commun accord de commencer leur partie en affrontant des animaux sauvages, dans l'enceinte du Colisée. Leur apparition sur les écrans avait d'abord provoqué des murmures admiratifs, mais aussi désapprobateurs, parmi les puristes, qui découvraient la panoplie des combattants. Delenda y avait été sensible, lui qui avait failli refuser les nouvelles tenues virtuelles que les services publicitaires de Black Box leur avaient imposées, parce qu'elles n'existaient que dans la plus récente version de Rom@. En effet, tous deux avaient dû adopter l'équipement traditionnel du rétiaire, alors que ce dernier combattait jadis seulement des hommes, et non des fauves : filet à bords plombés, trident de bronze, jambières de cuir, poignard long. Chez Black Box on avait prévu, études à l'appui, que la chose plairait aux plus jeunes joueurs de Rom@.

Côte à côte, les deux champions s'avancent au milieu de l'arène. Aussitôt plusieurs trappes habilement dissimulées dans le sable s'ouvrent tout autour d'eux, d'où bondissent des animaux sauvages fous de peur et de faim. Debout dans les gradins, des milliers de non-joueurs hurlent leur joie mauvaise quand Delenda Kartago transperce la poitrine de l'ours venu s'empêtrer dans son filet, après avoir occis en un temps record un lynx et une panthère, tandis que du côté danois Daniel, toujours moins habile en début de partie, n'avait pu qu'égorger un léopard. Soudain les podiums du Circus Maximus sont traversés par un arc électrique bleu outremer; une brume jaunâtre et translucide environne les deux joueurs et leurs ordinateurs. Un taureau vient de surgir de l'une des deux grandes portes voûtées du cirque, et Delenda remarque aussitôt que quelque chose a changé. L'animal écumant semble doté d'une présence hors du commun. Quand son odeur musquée parvient à ses narines, tandis qu'une sueur noircie de poussière lui brûle les yeux, Delenda reste un instant stupéfait. Il a d'un geste machinal voulu pianoter sur son clavier pour s'avancer brusquement vers la bête, le trident levé, le filet en parade sur son flanc gauche; mais le clavier a disparu, l'ordinateur avec lui, et l'estrade dressée sur le Circus Maximus, et la ville de Rome. Maintenant il sent sous ses pieds nus le sable brûlant du Colisée ; dans les gradins, le public trépigne et hurle de plus belle. Le taureau s'élance, si puissant qu'il fait trembler les planches du plateau sous le sable, mais Daniel a devancé son adversaire pour reprendre l'avantage, a couru vers la bête lancée avec l'insouciance du joueur exercé. Tout est allé très vite, brusquement le poignard a pesé de façon inhabituelle dans la main de l'assaillant, sa course s'est alentie dans le sable profond. Le taureau a pu embrocher Daniel par le ventre, sur l'une de ses cornes, le soulever, le lancer dans les airs derrière lui, comme un chiffon rougi. Il l'a frappé d'une ruade qui l'a fait voler cinq mètres de plus en arrière, avant qu'il ne retouche le sol. La bête fait volte-face pour le piétiner encore, mais Daniel est déjà mort, définitivement mort, sans le secours des trois vies prodiguées ordinairement par le programme de Rom@. Elle renifle un instant le cadavre, puis fait face à Delenda, se précipite sur lui. Il est tellement saisi qu'il n'esquive la charge qu'au dernier moment, et cette stratégie aberrante lui sauve la vie : l'animal emporté, pendant un instant, par l'élan de sa masse, freiné ensuite par l'effort immense qu'il produit afin de se retourner contre l'homme, se trouve presque immobile à ses côtés. Delenda n'a rien d'autre à faire que de plonger son trident dans le fanon de la bête, et de crever sa gorge épaisse ; un flot de sang jaillit, tandis que l'animal secoue la tête, l'air stupide, le trident échappe à la poigne de Delenda sous la violence du choc, sa jambe droite se couvre d'un sang écarlate, et dans les mouvements convulsifs de son agonie le taureau s'affale sur lui, donne encore dans le vide une ruade molle, le sang poisse maintenant la tunique de Delenda, ses cheveux noirs et courts, sa bouche. Il crache de dégoût, s'extirpe de ce piège gluant avec horreur, se relève tandis que la foule, sur les gradins et dans les tribunes, s'est mise à clamer son approbation admirative. Il se penche vers le cadavre encore parcouru de légers frémissements, en retire son arme, et la brandit en s'avançant vers les tribunes basses, comme tant de fois il a rêvé de le faire, dans sa chambre à coucher de l'appartement B-743 du Serpentone, oublieux de la laideur des lieux, ivre de sang et de triomphe.

À Rome, le vortex qui s'est formé à l'extrémité orientale du Circus Maximus balaye les podiums en direction du Tibre, puis s'immobilise devant le public effaré, vomit des équipages de chevaux écumants, attelés en trige, qui traversent l'esplanade pelée, la crinière constellée de perles, fouaillés par des auriges fébriles, casqués, qui, les rênes enroulées sur la taille, brandissent leur fouet, hurlent aux bêtes des menaces et des encouragements. Ils piétinent les jeunes gens sans paraître les voir. Tout leur être tendu vers l'extrémité du cirque où se joue l'arrivée, vers l'espoir éperdu de gagner pour toujours leur liberté, de quitter la tunique de l'esclave, de pouvoir ouvrir un commerce, de trouver à se marier. Plusieurs coursiers tombent, et leurs chars pirouettent au-dessus d'eux, écrasent d'autres spectateurs, d'un coup les mâchoires du temps se referment, les attelages s'évanouissent. Il ne reste sous le ciel de Rome que les morts et les agonisants; sur le podium, où flotte l'odeur fade et chaude du sang, douze chaises vides, douze ordinateurs, douze écrans désormais inutiles.

Ensuite, ayant jeté sur le sable son trident et son filet, Delenda Kartago emprunte lentement le chemin de la sortie, portant le cadavre ensanglanté de Daniel, sous les acclamations de la foule, comme tant d'autres avant lui. Il avait descendu les degrés du tunnel menant au Ludus Magnus, sorte de stade miniature, à l'ouest du Colisée, où les gladiateurs s'entraînaient d'ordinaire, sous l'œil sévère des lanistes aboyant leurs conseils et leurs exhortations. L'endroit était désert, à l'exception de quelques non-joueurs impassibles. Il avait déposé le corps de Daniel dans l'une des chambres de repos, sous les arcades. Puis il était descendu vers les bains, s'était dévêtu entièrement, s'était allongé sur le sol de mosaïques bleutées de l'étuve, les yeux fermés, tressaillant quand une goutte d'eau brûlante se détachait du plafond et venait frapper sa peau. Il avait nagé longtemps dans la piscine, avait trouvé dans les vestiaires une tunique propre, des sandales neuves, était ressorti du stade, le cœur gonflé d'une espérance d'autant plus vive qu'elle ne possédait pas d'objet particulier.

De l'amphithéâtre ne monte plus aucun bruit humain; de temps en temps, quelques cris d'animaux indistincts s'élèvent des sous-sols. Il contourne l'amphithéâtre, humant l'air léger, parfumé par les orangers en fleur; devant lui se dresse maintenant l'immense et double Temple de Vénus et de Rome, posé sur sa terrasse, comme au-dessus du sol : sans un regard pour la statue de Vénus, il dépasse le premier temple, entre dans celui de la Ville ; la statue de Roma aeterna se tient là, assise, massive et douce, le regard bienveillant. Il s'avance, touche le bout de son pied, s'agenouille et prie. Il rouvre les yeux, se relève : son rêve ne se dissipe pas. La Rome impériale l'attend bel et bien, dans ces plis mystérieux du temps où vivent les héros. Il ne s'est pas trompé.

pandémonium

Et partout dans la ville la ronde des vortex s'empare des passants, soulève des immeubles entiers pour les jeter loin d'ici, au hasard des mondes, dans l'infinité des espaces réticulés du temps. Un tailleur romain chenu, en costume croisé, égaré au Moyen Âge, traîne maintenant ses souliers vernis dans la rue des Boutiques obscures nettement étrécie, parmi les chaufourniers penchés, la face cuite et les mains desséchées, sur la gueule orangée de leur four, comme des alchimistes. L'homme regarde en pleurant l'holocauste des statues antiques, que les artisans jettent sans regret dans leurs brasiers, pour en faire de la chaux, pour construire d'autres mondes. Et, quand bien même la chose aurait paru d'abord impensable, le marbre finit par brûler, les bras des Apollons se lèvent vers le ciel sans qu'un cri de douleur passe leurs lèvres closes. Les chaufourniers zélés brisent à coups de masse des Vénus sans défense, des Hermès, des Plutons et des Dianes, détruisent en un siècle plus de beautés déchirantes que tous les Barbares du monde. Sur la piazza di

Pietra, l'ancien temple d'Hadrien repousse lentement, ses quinze colonnes cannelées s'élancent vers le ciel, et la poussière immaculée du carrare, la grisaille pulvérulente du travertin s'insinuent dans les salles d'ordinateurs, couvrent tous les écrans d'un voile imperceptible, se glissent dans les interstices des claviers, dérèglent les machines subtiles de la Bourse ; et Monica Vitti, perdue au milieu d'affairistes fébriles ivres de martingales, demande au jeune Alain Delon où va l'argent perdu et, comme il lui répond d'un simple haussement d'épaules, elle poursuit son errance de déesse inconnue, ramasse, à la table d'un café voisin, la petite feuille qu'un homme qui vient de perdre des millions y a abandonnée, la déplie, y découvre, dessinées avec l'application d'un enfant, quelques fleurs des champs. Plus loin, les motards de Fellini roulent à tombeau ouvert, s'engouffrent avec fracas dans les tunnels du périphérique annulaire, sans se préoccuper de savoir où ils vont, et de vieux touristes anglais, en redingote et en gibus, se blottissent sous un porche pour échapper aux tirailleurs de Garibaldi qui a baptisé son âne Pie IX, et lance ses fidèles à l'assaut des murailles de la porte Pia, éventrée par l'artillerie nationale, dans un crépitement continu de mitraille.

Et c'est alors qu'un soir, dans l'air cristallin de Rome, sur la place du Panthéon débarrassée des fumées des scooters, des voitures, des camions, Nano montre à la femme qu'il aime, sur la porte vitrée d'un café déserté et béant du Corso d'Italia, un mot tracé en lettres capitales. Ils le lisent à l'envers, dans un seul et même souffle, déchiffrent l'anacyclique énigme de la ville : amor. Dès lors plus rien ne leur résiste. Ils se jouent des vortex, bondissent de rocher en rocher, dans le désordre minéral du temps. Ils connaissent les plus éblouissantes fêtes de Bernin, dansent jusqu'à l'aube dans l'ivresse de leur fatigue, vêtus de costumes inouïs, dentelles féeriques brodées de perles noires, capes de brocart doublées d'hermine, virevoltent sur des airs baroques, au pied de montagnes de papier mâché, de lacs roses de parfum. Ils regardent passer, assis au bord du toit de la Curie, les jambes dans le vide, le triomphe de César à son retour de Gaule, deux rangées d'éléphants portant des flambeaux, long cortège d'enseignes ennemies, de chefs défaits et enchaînés, coffres marquetés débordant d'or et de bijoux, bœufs de sacrifice aux cornes dorées à l'or fin, César lui-même enfin, debout sur un énorme char, tandis que derrière lui ses troupes le raillent et l'injurient, selon l'usage.

Ils voient brûler la ville et ils la voient renaître. Ils dansent des cotillons endiablés dans les rues du carnaval, poussent des cris de joie place Navone, quand les fusées des artificiers s'élancent vers le ciel pour saluer la naissance du Dauphin, font l'amour dans un appentis frais au fond des jardins de la villa Madame, du 31 au jour de l'An, au milieu des princesses en crinoline venues dans les premières automobiles, dînent en terrasse sur le flanc oriental du Janicule, goûtant les plats les plus délicats, les vins les plus exquis ; visitent enfin, un soir, l'atelier de leur artiste favori. On a gazé toutes les fenêtres, le Cavalier Bernin vient juste de mourir. Dans un coin sombre de cette grande pièce haute et nue, une créature presque rubensienne lève les yeux, les bras écartés. Elle ne ressemble guère aux autres femmes de l'artiste. Son corps pesant, affaissé, jaunâtre, leur paraît presque laid. L'un de ses pieds repose sur un globe terrestre. Elle tient à la main, en guise de masque, un soleil. Bernin souhaitait représenter la Vérité dévoilée par le Temps, mais il était mort avant d'avoir pu figurer le temps : le bloc de marbre qu'il lui destinait achève de se ternir, sous une couche épaisse de poussière, près de la Vérité qui curieusement sourit. Les deux amants quittent l'atelier, le cœur serré.

Ils remontent toute la via Cesare Battisti, une partie du Corso Vittorio-Emanuele II, en direction de l'ouest, se fiant au hasard, épousant toutes les courbes de la ville, s'engageant dans des ruelles ombreuses, vers le nord, évitant les lignes droites, celles que les insomniaques de l'histoire n'ont jamais pu aimer, traversant des places alanguies comme des ventres lourds, promesses de naissance, parvenant jusqu'à la via dei Burro qui fait sans bruit sa ronde, tournant sur eux-mêmes piazza Sant' Ignacio, admirant les dômes qui tendent fièrement leurs pointes vers le ciel, des façades usées gonflant leur torse gris, et pour finir, comme une pluie fine et chaude s'est mise à tomber, ils entrent, au cœur de la ville de Rome, dans la seule église assez vieille, assez sage, assez folle pour abriter tous les dieux : le Panthéon, son énorme et gracile voûte, ouverte sur le ciel comme une horloge solaire. Ils se couchent à midi au nadir de cet œil, encerclés de colonnes oblongues, nus entièrement. Ils frissonnent sur les volutes fraîches du porphyre et du marbre africain, une pluie fine les couvre comme un drap léger et bénit leur amour. Ils sortent en se tenant aux hanches, et la nuit les avale.

camp romain

Le gouvernement italien a aboli la Constitution, et le Parlement, réfugié à Milan comme la papauté, a voté les pleins pouvoirs à une coalition réunissant la droite nationaliste et les sociaux-démocrates. Les alentours de Rome sont désormais déserts. On a renvoyé chez eux les mercenaires. Les militaires ont repris la situation en main ; à vrai dire personne ne sait trop comment procéder, face à l'un de ces dangers diffus, que toutes sortes d'experts incompétents aiment à comparer à certaines formes de terrorisme, afin de justifier des mesures autoritaires, de cultiver des peurs susceptibles d'inciter la classe dirigeante à leur commander des rapports, des notes confidentielles, des bilans chiffrés, des évaluations prospectives. Il ne s'agit après tout que de feindre, de gesticuler devant les ruines, en espérant vaguement. On a donc entouré la ville d'une triple rangée de miradors, de fossés, de clôtures électrifiées, de chevaux de frise, que gardent des commandos farouches, que survolent, dans l'air du soir, des hélicoptères de combat. À des dizaines de kilomètres du sol, des satellites scrutent en vain les modifications incessantes du paysage romain. Jusqu'à présent, les phénomènes tourbillonnaires ne se sont formés qu'à l'intérieur des murs d'Aurélien. On espère que cette peste, unique dans les annales épidémiologiques, ne s'étendra pas, s'éteindra d'elle-même. De temps en temps, le poste de commandement de la zone, installé à Frascati, près des immenses baraquements de réfugiés romains, donne l'ordre à des détachements d'élite d'avancer en patrouille dans la ville, pour accompagner un scientifique en combinaison étanche, qui veut des prélèvements. Ils s'exécutent prudemment, en observant toutes les règles du déploiement le plus méthodique. Rien n'y fait. La plupart ne ressortent pas. Parfois, tout de même, l'une des patrouilles émerge à l'autre bout de la ville, ayant au passage sauvé quelques attardés miraculeusement épargnés : vieillards oubliés par leur famille, déshydratés et terrifiés ; journalistes courageux qui, rêvant d'un scoop, se sont laissé enfermer dans la ville, et qui ressortent en protestant au nom de la liberté de la presse ; ultimes spécimens de touristes messianiques, indéfectiblement persuadés que la ville a été choisie comme base d'atterrissage d'entités non terrestres soucieuses d'instaurer un nouvel ordre mondial, ou que le complexe militaro-industriel chinois a trouvé ce moyen pour éradiquer la civilisation occidentale. Bientôt on interdit aux soldats de pénétrer sur le Forum lui-même, désormais entièrement régénéré, tel que l'Empire l'a connu, et qui gobe les militaires comme des moucherons.

Cependant, dans l'un des mondes voisins, le Forum

n'est pas entièrement désert. Les onze joueurs survivants de Rom@ sont maintenant assis sous les arcades de la basilique de Trajan. Delenda examine son équipe, les survivants de l'équipe danoise. Malheureusement ils ont, comme lui, réintégré leur physique réel. Les cinq Italiens sont des gringalets ridiculement conformes au stéréotype le plus chétif de leur nation. Les Danois ne valent pas mieux : cinq dadais à peau claire, dégingandés. Delenda soupire en constatant qu'il est le seul à être à la hauteur de cette occasion historique. Il leur parle maintenant. Il dit que cet accident ne relève pas du hasard. Ses auditeurs le regardent bouche bée, affalés sur les marches, prostrés; l'un des Danois, même, pleure, peut-être encore la mort de leur capitaine, peut-être sur son propre sort. Ils ne croient pas à leur mission historique.

Tout cela va mal finir, mais ils ne l'ont pas encore compris. Ce sont des êtres humains : ils espèrent. Les onze joueurs se concertent et leurs témoignages sont douloureusement identiques. Le gros de l'équipe danoise a été saisie en pleine action, alors qu'elle se trouvait au sud-ouest de la ville, dans le quartier de l'Emporium, sous les voûtes de brique des entrepôts de Galba, où elle achetait et vendait des ballots de lin et des amphores d'huile, des étoffes et des bijoux; d'autres encore se trouvaient au moment de la catastrophe dans les rues labyrinthiques de l'Esquilin, en quête du devin qui leur dispenserait, pour peu qu'ils résolvent quelques énigmes, des armes magiques. Tous étaient absorbés par le rôle qu'ils devaient tenir dans Rom@, leur avatar évoluant comme à l'accoutumée au milieu des non-joueurs. Les petites boucles de programme s'affairaient sans bruit, tandis qu'ils commerçaient, se battaient, accomplissaient des missions interminables, mais claires, dans l'illusion de la liberté. Puis la netteté presque intolérable du réel les avait soudain blessés. Ils avaient immédiatement, non pas compris, car le phénomène leur semblait encore maintenant absurde, mais senti qu'ils étaient cette fois-ci dans Rom@ comme dans le dernier univers qu'ils connaîtraient jamais, et que l'unique corps dont la vie les laisserait jamais disposer se trouvait désormais là, pour toujours. Et cette simple vérité que leur criaient toutes leurs sensations retrouvées, alors qu'ils sentaient contre leur bouche le sel de la côte proche, que le vent jouait sur leur peau, que les feuilles des arbres bruissaient, ils pensèrent d'abord s'en défaire, contre toute évidence. Ils portaient la toge, la tunique, ou la cuirasse; la plupart s'en débarrassèrent alors, car ces tenues, devenues bien réelles, s'étaient révélées incommodes : toges complexes qu'on ne savait comment draper, et qui entravaient la marche la plus simple; cuirasses rigides, pesantes; chaussures rustiques qui blessaient la chair tendre de leurs pieds. Mais, maintenant qu'ils étaient à moitié nus, l'intensité douloureuse du soleil romain, qu'ils avaient tant aimée comme le signe de l'éternel présent du jeu, venait irriter leur peau, de même qu'ils sentaient sous leurs pas les dérobades pénibles des pierres imparfaitement jointoyées des rues, et que leurs yeux souffraient des couleurs criardes des plafonds de la basilique où ils s'étaient retrouvés, machinalement, dans l'espoir de profiter de l'ombre, et de quelque compagnie.

nombre clos

Les Italiens quant à eux se sont dans un premier temps dispersés dans la ville, selon leur tactique habituelle de jeu. Chacun travaille d'abord en solo dans la mission qu'il maîtrise le mieux, assure la police, éteint des incendies qui menacent les immeubles d'habitation populaires, ou cherche un trésor ancien. Ensuite tout se dérègle et, pour la première fois de leur vie, ils rapportent mentalement les décors de Rom@ au centre de la ville, capitale de l'Italie, qu'ils connaissent. Paolo est le premier à réagir, parce qu'il est excessivement attaché à ses parents : il quitte la basilique, contourne le Capitole et court jusqu'au théâtre de Pompée ; car il habitait là, avant la catastrophe, chez ses parents, précisément dans l'immeuble jaunâtre semi-circulaire qui avait, comme tous ses prédécesseurs, épousé le tracé courbe de la rue, qui elle-même avait épousé celle d'un théâtre. Il contemple les lignes impassibles du théâtre de marbre, le temple qui surmonte les gradins. Il se met à pleurer. Il revient lentement sur ses pas, cherchant les autres.

La cour immense de la basilique de Trajan, ornée d'une statue équestre de l'empereur, les écrase de ses doubles rangées de colonnes, sous les voûtes de porphyre et de jaspe. Elle semble démesurément grande pour les onze survivants. Il n'y a parmi eux aucune fille, comme le remarque en riant nerveusement Christian. Delenda reprend la parole. Il propose de petites expéditions pour explorer Rom@, et en mesurer l'étendue réelle. Les autres joueurs se regardent : ils n'y ont même pas pensé. Peut-être tout cela n'est-il qu'un cauchemar. Peut-être existe-t-il, au-delà des murailles auréliennes, des paysages familiers. Peut-être dorment-ils, peut-être rêvent-ils. Peut-être. Sûrement ils vont s'éveiller en sueur dans leur chambre d'hôtel, comme dans un film de série B, et tout sera comme avant, il leur faudra se lever, se doucher, gagner le Circus Maximus, se préparer à la compétition. Puis Rasmus, un joueur danois, fils d'agriculteurs venu terminer ses études dans la banlieue de Copenhague, lance machinalement une remarque; depuis leur arrivée ici, le soleil marque midi. Les autres lèvent les yeux : il n'y a pas un nuage dans le ciel, les colonnes forment au pied des marches des ombres courtes et noires. Il règne une chaleur écrasante, constante, immobile; un vol de corbeaux disparaît au-dessus des toits en direction de la colonne Trajane, dont on devine le sommet derrière le faîte de tuiles, puis revient survoler la statue de l'empereur au centre de l'atrium basilical, et s'en retourne encore, selon une trajectoire irréelle, parfaitement identique à elle-même. Delenda frémit de joie anticipée : il a toujours espéré que le monde de Rom@

s'étendrait sur la terre tout entière, et ce vol est un signe. Ils sortent de la basilique par le nord : dans les Marchés de Trajan des non-joueurs muets leur tendent des olives, du fromage et du vin, mais restent sourds à leurs questions. Ils forment deux groupes et se mettent en route.

Les joueurs danois viennent presque tous du même lycée, aux portes de Copenhague. Ils se connaissent depuis la prime enfance. Ils ont grandi dans la même banlieue résidentielle et leurs vélos ont glissé sans effort sur des pistes limpides, des pavillons de leurs parents à leur lycée. Le vendredi ils se sont saoulés, depuis l'âge de quatorze ans. Ils ont perdu leur pucelage dans le garage d'un ami, dans les toilettes d'une boîte de nuit. Ils ont consommé différents types de stupéfiants. Ils ont connu la liberté, ou ce qui en tient lieu là-bas, chez eux : un avenir assuré, uniformément plat, le lycée s'efforçant de maintenir l'illusion que leurs études secondaires présentaient une certaine importance; tandis que le taux de chômage national rendait toute perspective d'échec fortement improbable, et que des emplois à peu près interchangeables les attendent, de toute façon.

Le premier groupe descend vers le Tibre, par la rue des Étrusques, d'abord en marchant, puis, saisi d'un espoir absurde, il se met à courir. Le fleuve est là. Il coule, impavide, mais l'autre rive est dissimulée par une brume plâtreuse, qui s'avance jusqu'au milieu des flots. Sur les eaux et comme dans le jeu, l'île Tibérine manque; ainsi que tous les ponts. On ne voit rien au-delà du fleuve : ni le quartier du Trastevere, ni le stade de Néron, ni même le mausolée d'Hadrien. Kasper se déshabille et se jette à l'eau. C'est un excellent nageur. Il progresse rapidement en direction de l'autre rive, mais au moment d'atteindre la brume, il semble se dissoudre en elle. On attend. Kasper ne revient pas. Certains disent l'avoir vu traverser, les autres baissent les yeux, se taisent.

Le mur d'Aurélien suscite un espoir au sein du second groupe : mais du haut des créneaux on ne voit rien, la brume semble ici menaçante, presque vivante. Au bout de quelques heures, ayant couru jusqu'au mont Testaccio, jusqu'à la porte Flaminia, on se résout à traverser le rideau blafard. Gianni s'est porté volontaire. Derrière le Colisée, il se hisse sur l'Aqua Claudia. Les autres l'attendent, au pied de l'aqueduc. Gianni ne reparaît pas. Les deux groupes se retrouvent dans la basilique de Trajan. Une dispute éclate entre Mathias et Paolo : le second répète que Kasper a pu traverser, qu'il suffit de l'imiter, et qu'au-delà se trouve nécessairement le monde réel. On décide de tenter une dernière expérience. Tous accompagnent Paolo jusqu'à une brèche dans la muraille, au pied du Capitole ; il s'avance vers le brouillard, y plonge une main prudente, se retourne en poussant un cri : comme rongés par des acides ses doigts ont disparu, son bras s'effrite ; en quelques secondes le vent a dispersé ce qui fut Paolo. Des bouffées de poussière enveloppent ses compagnons qui toussent, en avalent machinalement une partie, vomissent de dégoût, s'enfuient.

ruine

Ils sont revenus dans l'appartement de Prati avant le crépuscule. Nano dort déjà. Elle caresse lentement sa hanche, lovée contre lui. Pour la première fois depuis la mort de son père, elle vient de passer une journée sans penser une seule fois à lui. C'est elle qui l'a trouvé et décroché, au beau milieu du salon, il y a dix ans de cela. Dans la nuit et le calme de son bonheur, elle laisse remonter en elle, sans dégoût et sans haine, ses souvenirs enfouis.

Dans les années 50, le jeune Marco, qui n'était pas encore son père, était un architecte au talent prometteur. Il s'était fait un nom dans la critique de l'urbanisme romain et de ses errements, contant, dans un essai plein d'une verve rageuse, comment les projets de Mussolini avaient entraîné, avec l'aval des plus éminents architectes italiens de son temps, des destructions sans nombre. Églises et maisons, cours, ruelles, palais, Mussolini a fait raser des quartiers entiers pour faire place à son idée de l'Empire et c'est ainsi que, juste derrière la piazza Venezia, un quartier médiéval et renaissant entier a disparu, sous les coups indifférents des démolisseurs, de même que le populaire Borgo, qui sinuait du Tibre au Vatican. Sur ce dernier chantier, Mussolini en personne était allé donner l'exemple, en bras de chemise, la pioche à la main. L'entreprise de Marco n'est pas, sur le fond, extrêmement originale : ces faits étaient connus de tous ceux qui voulaient bien savoir. Mais le pamphlet ne manque ni d'à-propos, ni de courage : il reproche à l'ensemble des pseudo-démocrates de l'après-guerre d'avoir terminé tous les projets du Duce, rien de changé sous le soleil de l'Italie. La démocratie chrétienne l'avait haï tout autant que la droite. Dans un second essai, il remonte le cours de l'histoire, s'attaquant au Risorgimento, à la laideur de ses bâtisses, consacre au palais de justice des pages assassines, affirmant que, trop lourd et trop laid pour le sol de Rome, il s'enfoncera bientôt, sans doute, dans la fange des marécages romains, et retournera aux Enfers, dont il n'aurait jamais dû sortir. Il vilipende la civilisation de la bagnole qui tue les centres-villes, souille les façades, bannit les piétons. Bref, à force d'intégrité et d'arrogance, en dix ans il se brouille avec tout le monde, se ferme les portes des journaux, perd sa clientèle privée, avant de se faire placardiser à l'université de La Sapienza, où il enseigne l'urbanisme.

Marco fête ses cinquante ans la veille de son mariage avec l'une de ses étudiantes. Il prend une retraite anticipée cinq ans plus tard, n'écrit plus. Sa femme interrompt sa thèse, commence à enseigner l'histoire dans un lycée privé de confession catholique pour subvenir à leurs besoins. Marco ne manque pas d'ironiser sur ce qu'il appelle une vaste compromission. Dans certains milieux, il a conservé un fort prestige. Dans les années 80 l'appartement de Prati, qu'il a hérité de son père, grand bourgeois retiré en Toscane après avoir écumé tous les cabinets ministériels de la guerre et de l'après-guerre, est devenu le centre de réunions interminables, durant lesquelles de jeunes types volubiles, vaguement brigadistes, soutiennent en reprenant des pâtes que l'assassinat d'Aldo Moro constitue une réponse légitime à la violence de l'État, tandis que d'anciens communistes désenchantés, contredisant de petits comploteurs vaguement anarchistes, plongés dans la stupeur de leurs beuveries, font de grands gestes mous pour souligner leurs dires. L'enfant est venu par accident. Elle dort dans sa petite chambre, tout au fond de l'appartement, pendant que sa mère vide les cendriers, passe des assiettes, s'ennuie. Peu à peu, la population du salon décroît, au fil des arrestations, des cancers, des dépressions, des cirrhoses, des suicides.

Une télévision standard fait son apparition dans le salon à la fin des années 90. Lui succéderont des modèles toujours plus grands où fleuriront des bouquets de chaînes satellitaires, reportages consacrés à des gosses de dix ans qui jouent dans la cour de l'école aux martyrs de la cause en hurlant Hezbollah, et qui ont des difficultés pour trouver dans leurs propres rangs des gamins qui veuillent bien jouer le rôle des morts israéliens, soaps venus des pays du Golfe où des types en djellaba discutent gravement au bord de longues piscines à mosaïque dorée, chaînes d'information continue de l'Empire américain invitant des magnats de la finance à exposer leur philosophie de la vie à des présentateurs faussement provocateurs, et surtout, pendant des heures entières, émissions de la télévision italienne, ministres poufiasses sévèrement bustées, humoristes veules, ministres à tête de maquereau, journalistes à crinière abîmés dans la contemplation de leur image, tout un bordel infernal que le père fait défiler d'un index désabusé, vautré dans son fauteuil, commentant sans fin les dévoiements de la télévision publique, les inepties de la société spectaculaire-marchande, la niaiserie de ses sous-produits pseudoculturels. Et quand Silvio Berlusconi se pose sur les cimes de la bassesse arrivée, l'alcool et le désespoir conjuguant leurs efforts le père développe pour lui une passion dévorante. Il ne se lasse jamais de railler ce ploutocrate-là, de le singer, de le haïr, de lui réserver ses injures les plus crues, ses imprécations les plus raffinées, scrutant les plus insignifiants détails de sa mise, ses costumes sur mesure, ses chaussures merveilleusement vernies, suivant la geste de sa vie privée dans ses plus petites péripéties, tenant le compte de ses maîtresses à peine nubiles et de ses call-girls, de ses fêtes interminables, de ses manigances sans fin.

Sa fille grandit dans cet appartement à la fois bruyant et désert, car à l'apparition du premier poste de télévision la mère s'est enfuie, sans dire un mot à quiconque. On la prétendra partie en Argentine. Depuis l'âge de douze ans, l'enfant sait faire les courses, passer l'aspirateur autour des jambes de son père affalé, descend jeter chaque soir les emballages de sushis et les bouteilles de whisky vides, contre toute attente réussit brillamment ses études, atteint sans encombre ni événements particuliers le seuil de la majorité légale.

Elle le frappe une fois, à vingt-trois ans ; il s'est moqué, comme d'habitude, de la soupe populaire de la gare de Termini où elle passe chaque soirée du week-end. Il n'a pas été cette fois-là plus odieux qu'à l'ordinaire, la tirade habituelle, la charité est le contraire de la justice, une illusion de classe. Elle lui lance un coup de pied, elle se fait mal aussi. Il ne dit rien, il ne se met pas en colère, il semble seulement surpris.

Quelques mois après, précisément la veille de la soutenance de sa thèse, sa fille le trouve mort dans le salon, au retour d'une ultime séance de préparation à la bibliothèque de La Sapienza. Durant la crémation, des anciens étudiants viennent lire des discours. Elle découvre un être inconnu : patience, générosité, pédagogie. Une colère violente la saisit, s'évanouit aussitôt. Elle renonce à savoir si elle doit les croire, et les remercie comme il convient. Officiellement il est mort d'une crise cardiaque. C'est elle qui a dû le décrocher. La soutenance de sa thèse se passe très bien. Elle est maintenant la benjamine des docteurs de La Sapienza, toutes disciplines confondues. Il faudrait qu'elle commence à chercher un travail, qu'elle courtise des pontes de l'Université, sollicite des articles, coure tous les colloques, se fasse connaître, mais elle n'a jamais vraiment pensé enseigner, ni l'histoire de l'art ni quoi que ce soit d'autre. Elle se débarrasse de la télévision et du canapé, elle change la disposition de tous les meubles. Elle ne sait pas ce qu'elle va devenir, refuse de se plier à l'illusoire nécessité d'en décider.

vie douce

Ce sont les anges qui commencent : dans l'église Sant' Andrea delle Fratte, l'un des deux a laissé tomber la couronne d'épines, l'autre le cartouche qui proclame par ironie que Jésus est roi des Juifs. Sous la chair de marbre palpitante de leurs pieds nus, le sol de l'église paraît glacial ; ils s'avancent vers la lumière du dehors. À Santa Maria Maggiore, tous les putti sans corps du baptistère s'enfuient comme une nuée de papillons bruns et, petites têtes insouciantes et ailées, volettent sur la colline de l'Esquilin. Dans les salles sévères des musées du Vatican, les archanges déploient l'arc-en-ciel de leurs plumes, traversent les vitrages, flottent dans les jardins, frôlent de la plante de leurs pieds nus les doux parterres de lys, au milieu des vierges gravides, étonnées et inquiètes, qui caressent leur ventre. Les rues s'emplissent de martyrs, qui laissent derrière eux leurs couteaux, leurs bûchers, leurs roues, leurs flèches et leurs croix.

Et partout dans la ville, les christs crucifiés s'animent : d'abord leurs corps ne sont qu'une plaie où palpite le sang du martyr, l'atroce asphyxie leur broie la poitrine, écrase leur diaphragme, un cercle de points de feu cerne leur crâne, les trous de leurs pieds, de leurs mains, les brûlent. Ils s'arrachent lentement au calme insensible des mosaïques, des peintures à fresque, des statues de marbre, et les douleurs refluent lentement. Ils marchent dans cet air pur et vif de Rome qu'ils n'ont jamais connu, sentent de nouveau le soleil picoter leurs épaules, se reprennent à sourire aux oiseaux, aux nuages, lavent leur corps aux fontaines de la ville, frissonnent de plaisir. Leurs disciples et leurs femmes les suivent en foule, attendant une parole. Les christs se taisent. Piazza del Popolo, l'un d'entre eux pourtant se retourne vers ceux qui l'accompagnent, il y a là Marie, Longin, un soldat romain, l'un des deux larrons, Madeleine en cheveux qui finit d'essuyer ses larmes : il dit qu'il est affreux d'avoir des disciples, et d'être appelé maître ; il dit à sa mère qu'elle n'est pas plus sa mère que les étoiles ou le soleil, ni moins ; il dit qu'il veut partir, vivre sa vie, ne vivre que sa vie, il dit que le ciel est vide, il dit des horreurs inédites. Ils ne comprennent pas. Sur la via Appia, un autre christ croise Pierre, qui s'est enfui de sa prison du cirque du Vatican. Pierre demande à son seigneur où il va. Le christ dit seulement qu'il s'en va, dit à Pierre de faire comme bon lui semble, qu'il peut bien retourner dans Rome, si le cœur lui en dit, et raconter aux hommes que le Christ n'est pas mort, fonder une nouvelle Église, mais lui ne reviendra pas, jamais.

Ailleurs, qui est également ici, les Danois et les Italiens survivants s'installent sur la colline de Suburre, au-dessus des Marchés de Trajan, par commodité. Ils ne se promènent plus guère, maintenant; au milieu de ces temples qu'ils ne comprennent pas, de ces magasins frustes, de ces tavernes vides, ils s'ennuient. Parfois ils descendent aux thermes de Trajan; ils se baignent; des non-joueurs les étrillent, les rasent, les massent. Dans les rues, dans les boutiques des basiliques, d'autres non-joueurs de Rom@ s'affairent. Ils ne semblent pas doués de langage; n'obéissent qu'à leur tâche programmée, quand l'un des hommes s'approche d'eux : cuisent des pains, versent du vin dans des coupes de bronze, tirent d'une flûte des airs aigrelets, martèlent des bracelets d'argent, tissent, forgent, s'agitent en vain. Quand ils ont accompli leur tâche, ils se tiennent là, figés, jusqu'à la fois suivante. Dans les premiers temps, et pendant des semaines, Italiens et Danois ont profité de leurs services avec délectation. Mais, sous le jour invariable de Rom@, le temps prend comme une poisse épaisse, appesantit chacun de leurs pas, fatigue leurs épaules, embarrasse leurs paroles. La nuit ne vient jamais et le sommeil non plus. D'abord ils s'en amusent : les voilà éternels. Ils se sont jetés dans des fêtes sans fin; ils ont brûlé des temples et pillé des tavernes; ils ont porté les tuniques les plus somptueuses, ont bu les meilleurs vins. Puis ils se sont lassés de la blancheur ivre de leurs nuits. Ils ont eu beau calfeutrer leurs chambres, enfoncer dans leurs oreilles des bouchons d'étoffe pour ne pas entendre le murmure des fontaines, bander leurs yeux des tissus les plus noirs, il leur a toujours semblé que le soleil de Rome brillait encore, illuminait leur cervelle vide. Ils ne rêvent plus.

Le premier à vouloir en finir est un Italien : il se jette, la tête la première, contre une plaque d'égout ancienne, accrochée sous le porche de Santa Maria in Cosmedin. Il n'a pas été prévu de cimetière dans Rom@. Les autres laissent le corps où on l'a trouvé. Un deuxième se jette sous la meule d'un pressoir à olives. Il n'en reste bientôt plus que trois : Delenda abandonne les deux Danois survivants à leur misérable sort.

Peu à peu la mémoire de ces derniers s'effrite. La peur s'insinue en eux, une peur sourde, diffuse, insaisissable. Ils se retrouvent pour se raconter leur vie, pour que le temps ne file pas entre leurs doigts comme le sable immaculé d'un désert. Ils passent leurs journées à décrire la courbe d'une rue de leur quartier, le goût d'une pâtisserie, le tableau de la machine à café et à friandises de leur lycée, les résidences secondaires de leur enfance, le sourire de ceux qu'ils ont aimés ; mais les souvenirs se dérobent à leurs efforts, et il ne leur reste bientôt plus que le présent, avec ses bords coupants, ses angles hostiles, sa matité brutale. Ils restent stupides, sous le ciel inchangé. Un incident les oppose, pour finir : l'un des deux prétend se prénommer Sven, l'autre l'accuse de vouloir lui voler son propre prénom : ils se battent à mains nues, interminablement, et meurent d'épuisement, enlacés, sur l'esplanade de marbre gris des Marchés de Trajan. Leurs cadavres sèchent lentement au soleil, ce ne sont bientôt plus que des momies légères, et le vent les emporte.

san clemente

Les ponts ont disparu, ainsi que les maçonneries mornes des rives. Les eaux limoneuses des crues peuvent de nouveau envahir la ville à leur guise; ici et là, des maisons médiévales se reflètent dans les eaux tranquilles de l'aube; à Prati les hautes maisons bourgeoises du Risorgimento, badigeonnées d'ocre ou de carmin, forment d'étranges ruines neuves, depuis que leur construction a été interrompue par la faillite de leurs promoteurs; la colline du Capitole a retrouvé ses parois abruptes, elles semblent des falaises aux quelques paysans étrusques qui, dans des cabanes misérables, y ont trouvé refuge, au-dessus des loups et des grands marécages. Sur la colline voisine, au nord-ouest, l'hôtel Hilton s'est volatilisé, mais l'antenne blanc et rouge des télécommunications se dresse encore, rouillée et muette. Vers le sud, la dentelle noire et légère d'un gazomètre mort tremble toujours dans la lumière; plus loin quelques villas romaines dorment dans la verdure, veillées par des cyprès. Des silhouettes fantomatiques issues de tous les âges errent de quartier en quartier, évanescentes, hagardes.

Pour traverser le Tibre, Nano et sa compagne ont volé une barque. Ils tournent à droite dans la via di Ripetta, que prolonge la via della Scrofa ; sous leurs pieds nus, le sol paraît onduler comme le sable d'un estran ; les pavés disjoints requièrent une marche prudente, attentive. Ils s'en vont saluer le clocher de Sant' Ivo, qui est toujours là, sans autre raison que sa beauté fragile et nue : une merveille qui tournoie vers le ciel, comme une aigrette blanche, spirale de joie, bibelot aboli du temps.

Ils parviennent au but de leur promenade. C'est elle qui a choisi l'endroit, comme souvent : son père l'y a menée une fois, lorsqu'elle sortait tout juste de l'enfance, et qu'il rêvait encore d'en faire une urbaniste. Elle veut lui montrer les effets singuliers qu'a ici produits la lente sédimentation des temps : d'abord ils admirent le saint Christophe de la fresque, à l'entrée de la petite chapelle Sainte-Catherine, cherchant de son bâton le passage du gué, la tête tournée vers l'enfant roi du monde, posé sur son épaule comme un oiseau des champs tandis que la terre, dans sa main, ne semble guère peser. Le pavement résonne sous leurs pas, elle danse une marelle muette, entre les disques verts de la serpentine et les volutes du porphyre. Ensuite ils descendent dans les profondeurs des siècles, traversant la basilique inférieure, tout au fond, jusqu'au sanctuaire païen de Mithra. Nano admire tout, avec l'application du bonheur, et bat des mains devant le grand serpent de Mithra.

Alors qu'ils sont presque remontés à la surface, un

bruit vient couvrir le bruissement d'eau du cloître : encore une patrouille militaire, ou quelque troupe de soudards, germains ou français. Ils se rejettent par réflexe dans l'escalier qui mène vers les sous-sols, mais il semble que les soldats les aient vus, car ils entendent derrière eux le cliquetis de leurs équipements, leurs piétinements rapides. Son corps se souvient parfaitement du labyrinthe de San Clemente, elle entraîne à toute vitesse Nano. Ils traversent la longue nef carolingienne du deuxième niveau, se précipitent dans les escaliers de fer qui mènent au niveau le plus archaïque, se faufilent dans une étroite galerie creusée à même le tuf, et parviennent devant le temple mithraïque, presque une grotte, où, avant même la fondation de Rome, des hommes inconnus ont taillé des sièges, une table, une sorte de longue couche. Ils se blottissent derrière l'autel, pris au piège, s'efforçant, absurdement, de ne plus bouger, comme si cette immobilité pouvait les rendre imperceptibles. Enfin les soldats s'avancent, braquent sur eux leurs fusils et leurs lampes quand, soudain, un tourbillon se forme et les emporte ; les amoureux restent seuls ; ils n'osent pas sortir ; au-dessus d'eux, l'église gronde et tangue, les entraîne dans un impensable futur. Ils font de leurs vêtements un lit et pour passer le temps se caressent. Par un regard creusé au fond de la salle de banquet rituel, ils ont accès à une eau froide et légèrement salée, délicieuse.

Peu à peu la poussière de la grotte s'incruste dans leur chair, qui perd ses couleurs ; ils flottent toujours dans le labyrinthe blanc du temps ; ils oublient leurs multiples passés, l'infinité des univers qu'ils ont traversés ensemble, la richesse inouïe de l'histoire. Ils ne sont plus guère que des enfants adonnés aux joies les plus simples : l'ivresse de l'eau fraîche comme des grands vins, les sensations infimes et délicates de leurs caresses alanguies. Ils plongent dans de longues et délicieuses torpeurs. D'autres versions d'eux-mêmes dérivent, peut-être dans d'autres dimensions du temps, où parfois ils meurent très jeunes et brutalement, parfois s'éteignent lentement dans d'atroces souffrances, mais toujours vivent leur vie unique jusqu'au bout de ses possibilités. Autour d'eux, les tourbillons peu à peu se font plus rares; dans le temple de Mithra, désormais enfoui sous vingt mètres de sédiments, sous un océan neuf et profond, ils achèvent leur lente pétrification, enlacés dans la nuit éternelle de l'oubli. Les uns après les autres, leurs innombrables avatars s'étiolent, fanent, disparaissent; un dernier tourbillon les dépose au milieu du XXIIIe siècle, à Rome. La ville, comme ils ne tardent pas à s'en apercevoir, est entièrement dépeuplée. Le temps se stabilise.

lucrèces

Delenda est absolument seul. Il ne s'est jamais senti aussi désorienté. Il pénètre sous la grande porte voûtée du Colisée : dans les gradins, le public des non-joueurs n'a pas bougé, et le soleil fixe les a affreusement dégradés. D'horribles lésions rougeâtres couvrent leur visage, sous leurs cheveux desséchés, cassants comme des filaments de verre; une puanteur d'escarre monte dans l'arène. Ils demeurent immobiles, aveuglés, les yeux cuits, les cils et les paupières brûlés. Parfois les gradins sont parcourus de gémissements à peine perceptibles, et c'est à peu près tout ce qui peut leur tenir lieu d'agonie. Delenda crache au sol de dégoût. Il emprunte le tunnel qui mène au Ludus Maximus. Il ressort du petit stade lourdement armé.

Dans le quartier populaire de Suburre, d'autres non-joueurs désœuvrés le regardent passer, prostrés : ils ont tissé longtemps, ils ont tourné des pots, ils ont servi des coupes de vin; soudain il ne s'est plus trouvé personne pour interagir avec eux; alors ils se sont arrêtés, stupides;

ils ont regardé leurs mains usées avec un étonnement douloureux ; dans leurs cerveaux débiles, de vagues pensées d'échec grouillent. Ils pourrissent sur pied, comme des plantes grasses. Delenda gravit la pente du Quirinal : autour de lui, les immeubles d'habitation se clairsèment ; la silhouette énorme des thermes de Dioclétien se dresse devant lui ; il entre. Comme il le supposait, les non-joueurs d'intérieur sont ici à peu près intacts. Il capture sans difficulté deux employées des vestiaires, et les traîne non loin de là, à l'entrée de la ville, sous le mur d'Aurélien, dans la caserne des prétoriens : c'est un immense quadrilatère entourant une cour d'entraînement militaire, qui a servi de cadre, dans Rom@, à divers combats par équipes. Les chambres ferment à clef, les fenêtres sont grillées : le succès du jeu tenait à de telles minuties. Il enferme les jeunes femmes, retourne en chercher deux autres. Il en emprisonne sept au total, ce qui lui paraît un chiffre de bon augure.

Elles ne résistent pas quand il les viole, mais il peine à s'exciter. Il déteste leur chair molle, l'humidité de leur bas-ventre ; il se couche sur elles avec dégoût, et se retire dès qu'il le peut. Chaque soir il en visite une ; le reste du temps, il les nourrit convenablement, les mène une à une se laver dans la cour, prendre l'air. Le premier soir de la deuxième semaine il est de retour dans la première chambre ; soudain la jeune femme saisit son poignard dans son ceinturon et le plante dans sa propre poitrine. La lame glisse sur sa clavicule mais le poumon est touché. Elle agonise pendant des heures, une bave rose coulant entre ses seins ; Delenda l'enterre dans le fossé extérieur de la caserne, sans pouvoir être sûr qu'elle est morte. Le lendemain il entre sans armes dans la deuxième chambre, et tout se passe bien. Mais au premier matin de la troisième semaine les six autres se sont pendues de la même façon, avec leur tunique. Delenda n'aura pas de descendance. Il jette les cadavres dans la cour et redescend vers le Forum.

Pour la première fois depuis des semaines, alors qu'il s'est installé dans la chambre d'un patricien, au bout du Champ de Mars, il s'endort. Quand il se réveille, un silence total règne sur la ville; les non-joueurs ont disparu. Le brouillard environnant la ville s'est volatilisé; l'île Tibérine a retrouvé sa place, et le Trastevere. À perte de vue la campagne romaine étend ses vastes champs, déroule le ruban perle de ses routes bordées de pins gracieux, sans la moindre présence humaine. Il s'installe dans une villa au flanc du Janicule, d'où il peut surveiller la ville; mais il ne la surveille pas. Il a trouvé dans la cuisine une grande plaque de cuivre; il la nettoie, la polit avec des sables de plus en plus fins, la pose dans l'atrium, entre deux jarres; à l'ombre du péristyle, il peut de nouveau s'entraîner devant ce miroir, avec les haltères de fortune qu'il a confectionnés en remplissant des paniers de sable; il travaille également le maniement du glaive. Il a beau s'approcher jusqu'à la toucher, sur la plaque de cuivre poli, il ne peut qu'à peine distinguer ses traits; sa tête s'y profile tout juste, comme la silhouette orange à demi effacée d'un guerrier, au flanc d'un vase grec. Il se désespère de ne pas retrouver la perfection de sa forme première, sans le secours des compléments alimentaires, des protéines, des gels de testostérone. Surtout il lui semble que sa peau, autrefois si lisse, présente maintenant par endroits d'étranges excroissances, à peine palpables, mais qui lui paraissent gagner, jour après jour, en épaisseur.

Bientôt il ne supporte plus de se voir : d'énormes ganglions boursouflent son ventre, son visage, ses jambes. Alors il comprend tout : les chirurgiens n'ont pas bien fait leur travail et ont laissé, sous son arcade sourcilière, quelques cellules souches de son frère, et la tempête qui l'a mené ici a fait le reste. Delenda peut désormais à peine marcher; il survit en buvant l'eau des pluies, en mâchant des racines. Au bout d'un temps indéterminé, le corps de son frère lui semble parvenu à maturité, et l'étouffe. Il s'évanouit de plus en plus souvent, et d'innommables pensées viennent alors grouiller à la surface de son âme, où elles crèvent, comme des bulles nauséabondes. Plus tard, ses ganglions ont disparu, il a retrouvé son corps d'adolescent malingre. Il entend du bruit dans l'atrium, se lève, saisit son poignard, sort sous le péristyle éclairé par un éternel été : son frère est là, devant lui, dans la lumière aveuglante de l'atrium. Ils s'avancent l'un vers l'autre. Il semble à Delenda que son frère a esquissé un geste menaçant. Il pointe son arme vers sa gorge jumelle. Épuisé par les privations, il manque le cou de son adversaire, la lame de son poignard pénètre sous son arcade sourcilière, pénètre son cerveau, et Delenda disparaît lentement, dans la nuit absolue de l'histoire.

la grande série des siècles

Nano et sa compagne ont cru d'abord que cette Rome-là ressemblait à celle qu'ils avaient autrefois connue ; cependant, sur l'ancien emplacement de l'avenue des Forums impériaux, s'étend un tarmac étrange, d'un vert profond, où des formes insolites, pareilles à des squelettes ou à des véhicules d'un type nouveau, sont posées, rangées en épi, inutiles et incertaines. Aucun être humain ne manifeste sa présence. Chaque quartier paraît s'être figé dans la posture où la mort l'a saisi. Le Champ de Mars s'étale, prairie marécageuse sillonnée de moustiques et d'énormes libellules, jusqu'au Tibre boueux. La place Navone resplendit de toute sa magnificence baroque, encore qu'il semble que ses églises aient été déconsacrées. Sant'Agnese abrite les étals démantibulés d'un équipementier de sport, Nostra Signora del Sacro Cuore aligne, sur d'interminables portants, des robes de femmes. Le Panthéon est maintenant couvert d'une sorte de lichen jaune, qu'on dirait vivant. Le Colisée quant à lui est de nouveau en ruine, mais il ne mesure plus, inexplicablement, qu'une dizaine de mètres de haut. Après avoir séjourné ici et là, ils ont fini par se lasser de ce capharnaüm. Ils sont montés s'installer sur l'ancienne colline des jardins de Lucullus, dans les ruines de la villa d'un ancien Médicis, d'où ils dominent la ville morte. Ils dorment au frais, dans le ventre d'une ancienne citerne. Le sol était creusé d'interminables souterrains, où ils descendent parfois, par jeu. Chaque soir et chaque matin, s'avançant sur la terrasse, ils assistent aux défaites transitoires des astres. La nuit, ils montent dans le petit bois surplombant les ruines et s'aiment sur le sol, au milieu des lucioles et des tombes de chiens. En contrebas, vers l'ouest, entre les éboulements du mur d'Aurélien, un boulevard périphérique serpente, encombré de carcasses de voitures qui luisent sous la lune, comme les vestiges insistants d'une laideur ancienne.

L'accouchement semble s'être bien passé. Nano n'en revient pas de la brièveté du travail. Elle a donné tout de suite le sein aux deux petits ; quelques minutes plus tard une hémorragie l'a vidée, sans qu'elle souffre. Silvia est morte. Les jumeaux dorment, pour l'instant ; dans une heure peut-être, ils s'éveilleront. Après le coucher du soleil, le ciel avait viré vers des noirs inquiétants. Il place les enfants dans un panier plat. Il déteste maintenant ces vermisseaux écarlates qui braillent leur détresse absolue. Il sort par la grande porte de la villa, à moitié calcinée, descend l'escalier de la Trinité-des-Monts, traverse la place d'Espagne, où la fontaine de la Barcaccia n'est plus qu'une forme vague et oblongue, arasée par quinze siècles de vents ; il marche entre des maisons qu'il ne reconnaît pas, en direction du fleuve, en manquant de se perdre, parce que la colline du Capitole a retrouvé sa hauteur première, et qu'il ne reste pas la moindre trace du Vittoriano. Au bord des marécages qui clapotent dans la plaine, à vingt mètres des eaux plus brunes du Tibre, il pose son fardeau sur un lit de roseaux que le vent a couchés. Et c'est alors que la fatigue le saisit, en même temps que le chagrin. Il regarde ses mains parcheminées, tavelées de taches ocre. Il a soudainement vieilli, et son souffle lui pèse. Il reprend le chemin de la villa des Médicis. En se retournant, ivre de fatigue, pour jeter un dernier regard au panier, il mesure combien sa vue a baissé : il distingue à peine la ligne des roseaux, derrière elle la silhouette de Saint-Pierre du Vatican n'est plus qu'une ombre; le ciel a des teintes inédites, et c'est maintenant un cyclone gigantesque qui s'approche de la ville. Nano se traîne maintenant, ses hanches sont douloureuses, ses membres tremblants. Il passe une main sur son front ridé, sur son crâne suant; des cheveux cassants de vieillard lui restent dans les doigts, par poignées. L'escalier de la Trinité-des-Monts a disparu. Il doit maintenant, pour remonter vers le Pincio, gravir une rampe interminable, en s'arrêtant à chaque pas. Les ruines de la villa ont disparu, et le cyclone commence à arracher, un à un, les grands pins parasols.

Il parvient dans le jardin au bout duquel, dans un petit pavillon blanc, gît le cadavre de sa femme. Il trébuche et tombe au pied d'un laurier; il ne peut plus se relever, mais dans son agonie il est jeune encore une fois, comme un dieu inconnu. Il court à demi nu vers elle, qui n'est plus morte et s'enfuit en direction du petit bois, au-dessus des jardins de Lucullus envahis d'herbes folles. L'orage danse avec eux et dans un dernier effort il la rattrape, l'effleure. Une froideur de marbre grandit en lui, descend dans chacune de ses veines, tandis qu'une écorce noueuse enveloppe la jeune femme, et que ses cheveux volants se changent en ramure ; alors, là-bas, dans le dernier des mondes, deux cadavres commencent de rendre à l'univers leurs quarante litres d'eau, leurs quinze kilos de carbone, des poussières d'azote, de calcium, de phosphore. Une grande pitié descend sur le Tibre, et sur les deux enfants déposés devant lui pour mourir, une pitié de fleuve, de louve et de putain. Tout à l'heure, le Tibre s'en ira les prendre, et les déposera au pied d'un figuier vénérable. Le soleil s'est noyé dans la mer Tyrrhénienne, et le ciel et la terre se contractent, la clepsydre des temps avale tous les fleuves, dans la nuit absolue des amours abolies.

I. ROMA

ville éternelle	11
palazzo	19
ombilic	27
vie nouvelle	33
chef	41
hilton vista suite	47
mauvais sang	53
grand cirque	61
empire sans fin	67
avatars	73
pérégrins	77
prétoriens	83

II. FENÊTRES QUI NE RÉPONDENT PLUS

engeances	91
orbi	97
héritage mondial	103
vacance	109
orients	115
ville ouverte	123
envahisseurs	129
delenda	135
agonies	141
thermes	145
collines	151
théâtre double	157

III. AMOЯ

tête du monde	169
statues	175
colère	179
mondes	185
vortex	193
pandémonium	199
camp romain	203
nombre clos	207
ruine	211
vie douce	217

san clemente 221
lucrèces 225
la grande série des siècles 229

[redacted]

[redacted]

Achevé d'imprimer
sur Roto-Page
par l'Imprimerie Floch
à Mayenne, le 3 juin 2011.
Dépôt légal : juin 2011.
Numéro d'imprimeur : 79401.

ISBN 978-2-07-012321-6/Imprimé en France

162103